Yoko Ogawa

爱丽丝旅馆

ホテル・アイリス

〔日〕小川洋子 著

马梦瑶 译

浙江出版联合集团

浙江文艺出版社

Hotel Iris
Copyright ©1996 by Yoko Ogawa
First published in Japan in 1996 by Gakken Co., Ltd., Tokyo
Simplified Chinese translation rights arranged with Yoko Ogawa
through Japan Foreign-Rights Centre / Bardon-Chinese Media Agency
本书中文简体字版版权，浙江文艺出版社独家所有。
版权合同登记号：图字：11-2018-94 号

图书在版编目（CIP）数据

爱丽丝旅馆 /（日）小川洋子著；马梦瑶译. —杭州：
浙江文艺出版社，2018.4
　ISBN 978-7-5339-5110-8

　Ⅰ.①爱… Ⅱ.①小… ②马… Ⅲ.①中篇小说—日
本—现代 Ⅳ.①I313.45

　中国版本图书馆 CIP 数据核字（2017）第 293064 号

爱丽丝旅馆
作　　者：〔日〕小川洋子
译　　者：马梦瑶
责任编辑：王盈盈
出版发行：浙江文艺出版社
地　　址：杭州市体育场路 347 号
网　　址：www.zjwycbs.cn
经　　销：浙江省新华书店集团有限公司
印　　刷：浙江超能印业有限公司
版　　次：2018 年 4 月第 1 版　2018 年 4 月第 1 次印刷
开　　本：880 毫米×1230 毫米　1/32
字　　数：94 千字
印　　张：6.375
插　　页：1
书　　号：ISBN 978-7-5339-5110-8
定　　价：32.00 元

一

那个男人第一次入住爱丽丝旅馆，是在夏日旺季即将来临之际。

雨淅淅沥沥下了一天，从清晨开始，到了晚上愈加猛烈。大海翻卷起波浪，灰蒙蒙一片。一有客人进出大门，雨就会溜进来，被打湿的大堂地毯看上去脏兮兮的。附近商店的霓虹灯都关掉了，大道上也没有行人的踪影。偶尔有辆车开过，车灯所照之处能看到一粒粒的雨滴。

就在我准备锁好收银台，关掉大堂的电灯进里屋去时，突然听到"咣当"一声巨响，好像是什么重物砸到了地板上。紧接着就传来了女人的哀号。

叫声没完没了，长得让人以为她是在大笑。

"你这个变态！"

从 202 号房间跑出来一个女人。

"真受不了，变态老头！"

女人被地毯接缝绊了一下，摔倒在楼梯转弯处。她也不起来，就坐在地上冲着房间大声叫骂个不停。

"欺负人也别太过分啦，你根本就不配跟女人睡觉。骗子！臭老头！废物！"

很显然她是个妓女，连我都看出来了。她已经不年轻，皱纹清晰可见的脖子上缠绕着一缕鬈发，滑腻放光的口红蹭到了脸蛋上，被汗液和眼泪溶掉的睫毛膏染黑了眼角。衬衫的纽扣还没扣上，左边的乳房裸露着，从超短裙里伸出的大腿粉红粉红的，只有一只脚上挂着廉价的高跟鞋——毫无疑问，她刚刚被男人摸过。

女人叫骂的间歇，从房间里飞出一个枕头来，正好击中她的脸。这又引发了一声哀号。滚落在楼梯拐弯处的枕头被口红弄脏了。

其他住客被吵闹声吓得纷纷穿着睡衣来到走廊里，妈妈也从里屋出来了。

"你想干什么啊，混蛋！谁会跟你这种人上床啊！你就是跪在地上给我磕头我都不愿意！你还不如去找个母野猫跟你干呢，你也就配跟母猫干！"

女人的骂声渐渐嘶哑，一把鼻涕一把眼泪。到了最后，咳嗽和哽咽乃至哈喇子都混合在了一起。

里面的男人毫不留情地继续往外扔东西，衣架、揉成一团的内衣、另一只高跟鞋以及手提包都一个接着一个地从房间里飞了出来。手提包敞着口，里面的东西散落了一地。这个女人想逃下楼梯，但也许是扭伤了脚或是太过激动，怎么也站不起来。

"吵什么呀？差不多得了！"

"安静点好不好，还让不让人睡觉了？"

其他客人都开始发牢骚，现场越来越嘈杂，唯有202号房间里寂静无声。

从我的角度看不见那个男人，他连一句嘴都没回。只有女人充满愤恨的视线和从视线那一端飞来的各种物品，说明里面有个人。女人朝着那个寂静的黑洞哭喊个没完。

"这位客人，你这样嚷嚷的话，我们可就为难了。要吵架的话，到外面去吵嘛。"

妈妈说。

"我知道啦，不用你说我也不想在这种破地方再待下去了。以后再也不来了!"

这回她又冲妈妈嚷嚷开了。

"我可不愿意把警察招来,不过你得赔偿我的损失啊。到底是怎么一回事啊? 好了好了,大家都安心睡觉去吧。吵着你们了,真对不起! 我跟你说啊,我们的损失太大了,光交开房费可不够哟。"

妈妈往楼梯上走去,而女人把掉在地上的东西往手提包里捡了捡,也顾不上扣上衣服扣子,就跑下了楼梯。暴露在外的乳房晃动着,一位客人吹起了口哨。

"喂,等一下,你还没付钱呢。告诉你,想趁乱溜掉可没门!"

妈妈到底还是在乎钱。女人根本不理她,打开了大门。就在这时,"闭嘴,婊子!"男人的声音从我们中间笔直地穿行而过。

周遭顿时安静下来。那声音深沉粗重,既没有烦躁也不含怒气,甚至可以说回响着幽思深远之感。我陷入了某种错觉,以为自己听到了一声大提琴或是圆号之类的乐音。

回过头,看见一个男人站在楼梯上。他已人过中年,差不多有四五十岁,穿着熨烫过的白衬衫和茶褐色裤子,手中拿着同样质地的外套。女人疯疯癫癫的,男人却连呼吸都没一点变化，也看不见一滴汗珠。他毫无窘态，只是脑门上仅剩的几根头发乱七八糟地纠结着。

我从来没听过谁的命令带有如此优美动听的回响。既冷静威严，又不容置疑，连"婊子"这个词都变得可爱了起来。

"闭嘴，婊子！"

我试着在心中重复了这句话。但是他再也没开口。

明知根本够不到，女人还是朝男人吐了口唾沫，转身出了旅馆。那口唾沫吧嗒一声落在了地毯上。

"那么，全都由你来负担好了。损失赔偿费、清扫费之类的，你得多交点。不然的话，我们可就亏大了。还有，以后不要再来了。老是和女人发生纠纷的客人，我们这儿不欢迎。请你记清楚啊。"

现在，妈妈又冲着男人数落起来。其他客人都慢吞吞地回屋了，他不发一言，垂下眼睑，一边穿上外套一边走下台阶，然后从裤兜里掏出两张钞票来，放在前台上。钞票皱巴巴的。我拿过钞票，小心翼翼地用手掌将它们抚平。

上面似乎还微微残留着男人的体温，他一眼也没有看我，在雨中越走越远了。

我一直很好奇，是谁为什么给旅馆起了个"爱丽丝旅馆①"这么怪异的名字呢？附近旅馆的名字全都与海有关，只有这里叫作"爱丽丝"。

"是菖蒲哦，这花很漂亮吧？爱丽丝还是希腊神话中的彩虹女神呢。这名字多高贵典雅！"

我还是小孩子的时候，爷爷曾经自豪地说过。

但是，在爱丽丝旅馆的中庭里，并没有菖蒲花，也没有玫瑰、三色堇或水仙，除了两棵从不修剪枝叶的四照花和榉树，就只剩丛生的杂草。

唯一有点情趣的，是一座砖砌的小喷泉，可是里面的水早就干涸了。喷泉的正中央立着一尊被鸟粪弄脏了的石膏像，那是一个身着燕尾、正歪着脑袋拉竖琴的鬈发男孩。由于他的嘴唇和眼睑早已不知去向，看起来很悲伤。

爷爷从哪儿听来的女神的故事呢？我们家里别说希腊神话了，连书柜都没有。

我想象了一下彩虹女神的姿态，漂亮的脖颈、丰满的胸脯、眺望远方的眼眸以及七彩纱衣。纱衣偶尔飘舞，世

---

① 爱丽丝旅馆，英文"HOTEL IRIS"，其中 IRIS 有"菖蒲花"和"彩虹女神"的意思。

界就会立刻被施与美丽的魔法。

无论彩虹女神入住这个旅馆的哪个角落，喷水的少年想必都不会如此悲伤地拉竖琴了吧。

招牌"HOTEL IRIS"安装在三层屋顶上，其中字母"R"向右倾斜，整体失掉了平衡，看起来就像它滑稽地跟跄了一下，又或者沉浸在不祥的思绪之中。但是一直没有人去修理。

两年前，爷爷去世了。不知是胰腺还是胆囊，反正是肚子里某处的癌细胞扩散至腰椎、肺部以及脑子（所以最初到底是什么癌也就无所谓了），经受半年的痛苦煎熬之后，他在自己的床上咽了气。

前台里侧有三个日照不足的小房间，那是我们的家。我刚出生时，一共住着五个人。最早离开的是奶奶，我那时还小，什么都不记得，她好像是死于心脏病。然后是爸爸，那时我八岁了，所以记得很清楚，每一个细节都记得清清楚楚。

这次轮到了爷爷。爷爷睡的是客房淘汰下来的床，床的弹簧坏掉了，因此每次翻身时，都会响起犹如踩到青蛙一般的怪声。放学一回到家，我就得给插在他右腹部的管子消毒，还得把积存于管子那头塑料袋里的体液倒掉。这些都是妈妈让我干的活儿。其实我很害怕碰那个管子，总觉得只要稍有疏忽，管子就会整个掉下来，然后从那个洞里涌出腐烂的内脏来。

体液很清澈。我经常看着那可爱的澄黄色液体发呆，人的身体里居然还隐藏着这样的颜色，真是不可思议。每次我都把它倒进中庭的喷水池里，所以拉竖琴的少年的手指总是湿漉漉的。

爷爷每天都在痛苦中煎熬，痛苦在黎明之前达到高潮。呻吟声和青蛙的悲鸣混杂在一起，不停歇地萦绕在黑暗深处。虽然隔着两层金属百叶窗，还是有客人听见这瘆人的声音，过来抱怨。

"哎呀，真是太对不起了。都是些叫春的猫，每天晚上聚到中庭叫个没完。"

妈妈站在大堂前台边上，一边玩着圆珠笔笔帽，一边故意用娇滴滴的腔调糊弄客人。

爷爷去世那天，旅馆也没有歇业。旺季已经过去，几乎没什么住客，但不知为何偏偏在那天住进一拨"妈妈合唱队"的团体游客。在神父念诵祈祷的间隙，都能听见《雪绒花》《山谷里的灯火》《罗蕾莱》等歌声，不过他仿佛完全不受干扰，垂着眼睑照常推进仪式；曾是爷爷酒友的洋货铺女老板刚发出呜咽，宛如和声一般的女高音就响起来；无论是浴室、食堂还是阳台，都有人在唱着些什么，歌声从上方泼洒至尸体。直到最后，彩虹女神都没有为爷爷舞动她的七彩纱衣。

　　我第二次看见那个男人，是在那件事发生两周以后。

　　周日下午，我被妈妈派去街上购物。天气晴朗，热出了一身汗。海边早有性急的年轻人身着泳衣享受着日光浴，一直延伸到崖壁的大片岩石在退潮后完全裸露了出来，游船登船口和饭店露台上也开始出现游客的身影。大海看起来还很凉，但无论是潮湿崖壁上反射出的刺眼光线，还是街上喧闹的腔调，都说明夏天快到了。

　　这个小镇只在夏季的三个月里才会焕发生机，其余季节就如同化石般一动不动地盘踞在那里。夏日里，平静的大海包围着小镇，向东西方向延展开去的沙滩金光闪闪。退潮时才能看到的陡峭崖壁和崖壁下开阔的绿丘，赋予了海岸线迷人的魅力。各条大道都充斥着前来度假的人们，人们打开遮阳伞，尽情冲凉，开启香槟，燃放焰火。饭馆、酒吧、旅馆、游船、特产店、游艇码头以及我们爱丽丝，都各显其能，将自己装扮一新。不过我们要做的，只是把露台的遮阳板放下来，再把大堂的电灯泡换成更亮点的，最后将墙上的价目表换成旺季用的，如此万事大吉。

沉睡的季节突然来临。风向变了，波浪变了，人们都回到我所不知道的远方。闪闪发光的冰激凌包装纸昨天还躺在路旁，才过了一晚就精疲力竭地贴在了柏油路上。

当时我正在杂货铺买牙膏，一看那人的侧脸就知道是他。虽然那天晚上并没有仔细观察过他的脸，但是微弱灯光下他蹲着的身体轮廓和双手我是有印象的。他正在挑选肥皂。

男人挑了很久，把所有牌子的一一拿在手上，看标签，确认价格。都已经把一块肥皂放进购物篮里了，突然又想起什么，拿出来重新读一遍说明文字，之后还是放回货架。他挑得那么认真，最终选的是个最便宜的牌子。

为什么要尾随这个男人，我自己也说不清，肯定不是因为那天的事对他产生了兴趣。

只是那一声厉喝还萦绕在耳边，那声命令的回音把我朝他拉了过去。

男人从杂货铺出来后进了药店，递给店员一张貌似处方的纸，拿回两个药包。他把药包装进上衣口袋后，又朝着相隔两个店铺的文具店走去。我倚靠着路灯杆，偷偷朝店内瞧。他好像是想修理钢笔，把钢笔大卸八块，用手指着一个个零件向店主说着什么。店主显得非常为难，但男人一直说个没完。我很想听听他的说话声，可惜声音传不到我这里。过了半天，店主才不情愿地点了点头。

然后，男人顺着海岸大道朝东走去。大热天的，他还穿着西服，打着领带，也不嫌热。所幸姿态是好的，昂首挺胸，目不斜视，脚步迅速。他左手提着装肥皂的塑料袋，上衣兜被药包撑得鼓鼓的，塑料袋不时碰到路过的行人，但没有一个人回头看他。看他的人只有我。

这么一想，我越发沉迷在这奇妙的游戏里无法自拔了。

广场的花朵时钟前，一个和我差不多大的男孩正在拉手风琴。不知是乐器太旧还是水平问题，曲子听起来空幻而寂寞。其他人都只是瞟一眼就匆匆走过，但男人停住脚，倾听了一会儿。我也在不远处站住。他不鼓掌，也没点曲子，一动不动地倾听少年演奏的手风琴。花朵时钟的秒针一格一格在移动。

男人拿出一枚硬币丢进琴箱中，"丁零"，犹如耳语一般的轻响。少年低头致谢，他面无表情地转过身去，默默地继续向前走。我觉得那少年的脸有点像爱丽丝旅馆里喷水池中的雕像。

要跟到什么时候呢？妈妈吩咐我买的东西，我只买了牙粉，她肯定会朝我发火的，她肯定会说："客人都快来了，你在外边磨蹭什么呢！"虽然有些担心，但我实在找不到时机把视线从他的背影移开。

男人走进了游船等候室，估计是要乘船吧。等候室里全是带小孩的家庭或情侣，非常热闹。这艘游船会绕近海上的 F 小岛开一圈，在那边的栈桥停靠后返航，全程也就三十分钟。

距离下一班开船，还有二十五分钟。

"为什么跟着我呢，小姐？"

突然有人和我说话。当然一开始我并没有意识到，周围很嘈杂，我也没料到这种突发状况。过了好一会儿才发现，这句话的对象是我，说出这句话的和喊出那声"闭嘴，婊子"的嗓子是同一个。

"找我有什么事吗？"

我急忙摇晃脑袋。但是男人显得比我还惊慌，心神不定地直眨眼睛，说一个词就舔一下嘴唇。无法想象，他就是那天夜里在爱丽丝旅馆发出动听命令的男人。

"你是旅馆老板娘的女儿吧？"

男人说。

"嗯，是的。"

我低下了头。

"那天晚上你坐在前台，我在杂货铺就认出来了。"

一群小学生蜂拥而入，等候室顿时喧闹起来。我们被人流挤到了窗边，并排站着。

刚开始发现他的时候，我无论如何也想不到自己会和男人说上话，也不知他准备怎么对我。稍微有些不安，是要立马走人吗？立马走人，是不是也该给他留句什么话呢？要不什么也别说？我一时没了主意。

"你对我还有什么意见吗？"

"哪有什么意见啊……"

"关于那件事，我道歉，给你们添麻烦了。"

口吻彬彬有礼，完全无法想象他就是那个在爱丽丝旅馆里被女人骂得狗血喷头的男人。这让我更加紧张起来。

"我妈的话请不要放在心上，您付的钱早就够了。"

"那天夜晚真是露丑了。"

"雨挺大的……"

"是的。为什么会闹成那样，我自己也不知道。"

我们的对话断断续续的。

那天在男人走后，我把楼梯上揉成一团的文胸扔掉了。文胸是紫色的，上面夸张地装饰着蕾丝和荷叶边。我就像捏起动物尸骸似的，将它扔进了厨房的垃圾桶里。

孩子们在追逐打闹，太阳还没有被云彩遮挡。窗户外面是广阔的大海，波光粼粼，F岛看着好像人的耳朵。游船已经绕过岛屿最后一个海角，朝着这边返航了。栈桥的每个木桩上都落着一只海鸥。

离近了看，男人比想象的要矮小，也就和我差不多高，肩膀到胸部的线条可以说很羸弱。那天凌乱的发型已经摆弄平整了，但发量貌似有点少，后脑勺几乎能看到头皮。

对话中断，我们两个人都望向了大海。没有什么其他事情可做。男人的眼睛被阳光晃得眯成了一条缝，表情很痛苦，好像身体某个地方正疼着似的。

"您要坐游船吗？"

实在忍受不了这种冷场，我先开口问道。

"是的。"

男人回答。

"当地人都不坐那玩意儿，我也就小时候坐过一回。"

"我住在F岛上。"

"那个小岛上住着人吗？"

"是的，人很少。所以我回家必须得坐游船。"

我只知道岛上有个潜水商店和钢铁公司的疗养院，没想到还有人住在那里。

男人一边说话一边摆弄着领带尖，领带被弄得皱巴巴的。游船越来越近，早已等不及了的小孩们在码头排起队来。

"我得混在那些拿着相机、钓竿还有潜水器材的人群里上船去，只有我一个人提着杂货铺的塑料袋。"

"为什么住在那么偏僻的地方呢?"

"比较轻松自在，反正我的工作也是窝在家里。"

"您是做什么工作的?"

"我是俄语的……翻译家。"

"翻、译、家……"

我重复了一遍这个词。

"很奇怪吗?"

"不是，只是我从来没遇到过这个职业的人，觉得挺新鲜。"

"一天到晚坐在桌子前翻词典，也就这样。你呢，高中生?"

"不是，上了半年就没上了。"

"你多大了？"

"十七岁。"

"十七……"

这次轮到男人重复我的话了，就好像"十七"是个非常特殊的数字。

"不过再一想，每天坐着游船回家，多美呀。"

"我家很小，是从前别人建的别墅。就在码头的对面，比作耳朵的话，正好是这附近。"

男人歪着头，指了指自己的耳根。我盯着他指的地方看。这个瞬间，我们的身体贴得很近。意识到后，我移开了视线，男人也站直了身子。

原来耳朵也会慢慢老去的，男人的耳朵是一片没有弹性、没有光泽的肉。

游船鸣着汽笛靠了岸，栈桥上的海鸥一齐飞起来，登船处的锁链被打开，等候室里响起了广播。

"我得走了。"

翻译家嘟囔了一句。

"再见。"

我说。

"再见。"

这不是告别，这是我们互相献给对方的最珍贵的词语。

隔着窗户，我看见男人裹在排队走向栈桥的人群中。虽然他很矮，但混在游客中的那身西装还是比较扎眼。走到一半他回过头来，我挥了挥手。对一个连名字都不知道的陌生男人这样挥手，我自己也觉得很滑稽，但就是做了。他好像也想回应我，可惜手只举了一半就缩回进衣兜里，应该是难为情吧。

游船又鸣着汽笛，离开了栈桥。

我受到了妈妈的责罚：回到爱丽丝已经五点多了，为了尽早赶回来还忘了取回妈妈拿去洗的连衣裙。

"这可怎么办啊！今晚我还要穿着那条裙子去参加舞蹈大会呢。"

妈妈说，前台有客人在按铃。

"我只有那一件跳舞穿的连衣裙，没有那条裙子就没法跳舞，你知道的呀。五点半开始，这不是来不及了吗？妈妈一直在等你回来呢！真是的，这回可完了，都怪你。"

"对不起，妈妈。我在大街上碰到一个身体不舒服的老奶奶，她脸上没有血色，身体还哆哆嗦嗦直抽搐，看着特别痛苦。我把她送到医院，还照顾了一会儿。见死不救这种事，实在做不出来嘛，所以才回来晚了。"

这是路上编好的瞎话，我一口气说了出来。

按铃响个没完，真是火上浇油。

"快点去呀！"

妈妈喊道。

美其名曰"舞蹈大会"，其实就是这附近的做买卖人家的太太、鱼类加工厂的工人、闲居的老人，总共十来个人聚在一块儿胡乱蹦跳罢了，没什么大不了的。如果我听话地取回了连衣裙，妈妈没准还会说"今天懒得去了"呢。

我从没看过妈妈跳舞。旋转时颤动的小腿肉，挤出鞋面的臃肿脚背，被陌生男人搂住的腰，汗水弄花的妆容……只要想象这些情景，就好厌烦。

从小到大，妈妈一直喜欢向别人炫耀我长得好看。她最喜欢的客人是能花钱的，其次就是夸赞（即使只是场面话）我漂亮的。

这么透明的皮肤，都能看到里面的血管，没看过吧，简直叫人害怕哦。还有这纤长的睫毛和黑亮的大眼睛，生下来就没变过。我抱着走在街上，每五分钟就会有人过来瞧一瞧说你可爱呢。曾经还有一位雕刻家看上你，邀请你做模特呢。那个雕塑在大赛上获得了金奖，不过忘了叫什么名字了。

　　——妈妈夸起来没完没了，但一半都是她编的。自称雕刻家的那人是个色魔，我差点儿就被他侵犯了。反正，她的夸赞并不能代表她对我的爱。她越是夸我这个夸我那个的，我越觉得自己丑陋，坐立不安起来。其实，我从来没有觉得自己好看过。

　　每天早上妈妈都给我梳辫子，现在也是。她按着我坐在梳妆台前，左手揪住一把头发，使劲倒腾梳子，甚至能听见"咯吱咯吱"梳子划过头皮的声音。我稍微晃动脑袋，她的左手就更使劲。仅仅是头发被抓住，我就失掉了所有的自由。

　　妈妈把发簪在山茶花油里充分浸润，再用它把头发盘成发髻，工整没有一丝凌乱。有时，还会装饰上廉价的发饰或发卡之类的。山茶花油的味儿很难闻。

　　"看，梳好了。"

　　每次听到妈妈满足的声音，我就觉得自己遭受了巨大的痛苦。

　　那天晚上妈妈没让我吃饭——这是我家的家法。饿肚子的时候，黑暗会变得更加清晰和深邃。在黑暗中，我数次回忆那个男人的背影和耳朵的形状。

第二天，妈妈格外温柔地给我梳了头发，用了很多山茶花油。

然后，夸赞了我的美貌。

爱丽丝旅馆始于一百多年前，当时曾爷爷把小客栈翻修成了旅馆。这一带的饭馆和旅馆全都面朝海岸大道，越靠近崖壁越高级。爱丽丝两个优势都不具备，能看见海的房间只有两个，到崖壁得走三十多分钟。

爷爷死了以后，我听从妈妈的安排辍了学，帮忙照看旅馆的生意。

每天一早，我在厨房准备早餐，洗水果，切火腿奶酪，把整箱酸奶摆在冰块上。到了当天第一位客人下楼来的时候，就去磨咖啡、加热面包；到了退房时间，再去前台收款，闷声不响地干自己的活儿。有的客人喜欢没话找话地东拉西扯，我回以简短的回答和微笑，不说一句多余的话。因为和陌生人说话是一种痛苦，而且万一算错账钱数对不上，就要挨妈妈的骂了。

上午妈妈和一个大婶一起打扫客房，我打扫厨房和食堂，接听客人、公司或观光团打来的电话。一天中的大部分时间我都在前台度过，前台是个非常狭窄的地方，只要一伸手就能够到所有的东西：叫人用的按铃、旧式收款机、住宿登记本、圆珠笔、电话、旅游宣传单，根本不用站起来。台面伤痕累累，黑黢黢的，也不知道有多少双手莅临过。对了，如果妈妈发现我的头发哪怕乱了一绺，她也会马上用梳子给我重新梳好，如此才能重新接待客人。

坐在前台发呆的时候，能闻到对面加工厂飘来的阵阵鱼腥味，还能看到蒸鱼糕的白色气雾从厂房窗户的缝隙间升腾出来。这里总是聚集着一群野猫，它们无时无刻不在等着从卡车上掉下来的鱼。

客人办完入住手续，各自回屋安顿下来，准备就寝。这时，是我的感觉最敏锐的时刻。只要坐在前台的圆椅上，我就能感受到整个旅馆里的声音、动静和气味，能想象出人们在旅馆里过夜的情景。想象太过清晰生动，我得努力想办法把一帧帧画面清除干净，再寻找一处安静的所在，沉入梦乡。

周五早上，翻译家寄来了一封信，信上的字很漂亮。我躲在前台的角落里偷偷看起来。

请原谅这封唐突的信。

我做梦也想不到周日下午，能在游船的等候室里与你那样谈话。

到了这个年纪，大多数事情都已经能够预料到。为了避免产生不必要的惊慌或悲伤，我时刻提醒自己不要怠慢，不要放松警惕。估计你是不会理解的，这是即使明天就死去也坦然没有遗憾的老人们，他们类似习惯一样的东西。

但是，那个周日不同。时间的齿轮错开了一些，把我引向了始料未及的地方。

想到我在爱丽丝旅馆引起的可耻闹剧，你完全有理由蔑视我。其实我也很想郑重地向你们道歉，但你投射过来的目光太过真诚，使得我狼狈至极，重要的话反而一句也没能说出口。所以再一次借这封信，表达我深深的歉意。

长久以来我都是独自一人生活。每天窝在岛上不眠不休地翻译东西，几乎没什么朋友，也从未结识过像你这样年轻又美丽的女孩。

已经几十年了，都没有人像你那样朝我挥手告别。我无数次从栈桥登上游船，都是孤独一人，从没有回头张望的必要。

而你就像对待一个老友那样向我挥手。这对你来说可能只是一个小动作而已，对我却意义深远。

为此，我要说一声谢谢！非常感谢！

每周日我都会去镇上买东西，下午两点左右停留在中央广场的花朵时钟下。我是否有幸再次见到你？你不用勉强，这只不过是一个老人的独白而已，请千万不要挂在心上。

天气日益炎热，旅馆的工作也会愈加忙碌吧。请爱惜自己的身体。

谨致玛丽小姐

附言：对不起，我擅自调查了你的名字。不过好巧，我眼下正在翻译的小说女主人公就叫玛丽侬。

二

"你真的来了。"

男人先开口说道。

"嗯。"

我回答。

男人没有面露喜色，反倒非常惶惑，一直低着头看自己的脚，也不朝我这边看。他毫无意义地拧着领带尖，就好像在急切地寻找没有铺设好的下一句话似的。

我们站在那儿听了会儿手风琴演奏。少年穿得和上周一样，站的也是同一个地点，虽然不知道曲子是否相同，但嘶哑的音色依旧。

琴箱中几乎没有钱，花朵时钟的分针前进到了"5"，"5"的数字由一串红组成。

"咱们走走吧。"

翻译家从口袋里拿出一枚硬币，确认了硬币落进琴箱里的声响之后，我迈开了步子。

海岸大道已然是一番夏日风情。每家餐馆都开放了露台，冰激凌的招牌也都摆了出来。海边在组装临时冲凉室，许多帆船已经出海，风帆反射着耀眼阳光，晃得眼睛生疼。

夏天的光辉唯独没有眷顾这个男人。他穿着暗色系西服，系着素色领带。西服半旧，看样子穿了很久，幸亏身板挺直，还算有些气质。

我们朝着游船码头的反方向走去。其实并没有明确的目的地，只是顺着这条路一直朝前走而已。

"今天旅馆住满了吗?"

"没有，只有三拨客人。好不容易周日，可是因为涨潮看不到崖壁了……"

"啊，还真是看不到了。"

"你什么时候开始住在 F 岛的?"

"二十多年以前了。"

"一直是一个人吗?"

"是。"

对话断断续续的，不知道该怎么深入下去。沉默占据的时间更长。在这沉默中，我意识到翻译家的身体就在我身边。他避开街灯，把粘在胸前的线头揪掉，偶尔还低头咳嗽几声，每个细微的动作都没有逃过我的余光。

我从来没有和谁并肩漫步过。爸爸早就死了，妈妈总是走在我前面，也没有可以边聊天边在街头游荡的女朋友或男朋友。所以，当边上人的体温传来时，我不禁有些发怵。

"我以为你不会来。"

走了半天，来到了悬崖边。我们终于找到一张长椅坐了下来。

"为什么?"

"一个十七岁的花季少女和我这样的老头一起过周日，有什么意思呢?"

"反正在家里也只是给旅馆帮忙。而且，只是挥个手送送别就能让人高兴成那样，这事儿太简单了。"

说实话，我不愿意想象翻译家一个人呆立在花朵时钟前的模样。就算我不理那封信，坐在前台一直干等时针走过两点，满脑子想的恐怕也全是这个男人吧。我不喜欢让那个站在走廊里接受众人好奇目光洗礼的身影和等待我出现的身影重合起来。

"俄罗斯小说里的玛丽侬，是个什么样的人呢？"

我问。

"是一位气质高雅又美丽聪慧的女性，擅长骑马和编蕾丝。犹如一片被朝露浸湿的花瓣般美丽——书里有这么一句描写。"

"那就是说，只有名字和我相像喽。"

"后来玛丽侬恋爱了，和教她骑马的老师，堪称世界上最为崇高的奇迹般的恋爱。"

"那就更不像我了。"

"当我在爱丽丝看见你的时候，马上想起了玛丽侬，因为你和我心中刻画的玛丽侬简直太像了。知道你的名字叫玛丽的时候，着实吓了一跳。世上有那么多名字呢……"

"爸爸给我取的。"

"是个好名字，和你很相配。"

翻译家把交叉的腿上下换了一下，眯着眼睛眺望大海。我的心情特别愉快，好像被爸爸夸赞了一样。

很少有游客来悬崖这边，其余的长椅上都没人。小丘上盛开着大片野花，微风吹来柔弱得直摇晃。修了栅栏的游步道从山脚一直延伸到山顶，不管站在哪一段都能看到大海。我们刚才走过来的海岸大道在左手边，崖壁仍然浸没在海水里，远方的 F 岛朦胧可见。

"我从来没读过俄罗斯的小说。"

"这本书翻译完以后，第一个给你看。"

"可是，我肯定读不懂。"

"不会的，该怎么读就怎么读。"

"在图书馆能读到你翻译的小说吗？"

"很遗憾，不能。其实，我没有接受过出版社的委托，并不是所谓的真正的翻译家。"

对我来说，是不是所谓的翻译家无所谓，但是他很抱歉地摇了摇头。

"我也就翻译翻译导游手册、企业介绍，还有杂志专栏文章之类，此外就是药品说明书、电器说明书、公函、俄罗斯料理烹饪方法等等，全都是些和艺术不沾边的小活儿。翻译小说也并不是受出版社委托的，只是为了自己高兴。"

"你给那些一般人看不懂的外国话赋予了意义，我觉得这个工作很了不起。"

"从来没有人这么对我说过。"

我们之间渐渐不那么拘谨，我已经能够一边问问题一边从容地看他的侧脸，他也不怎么拧他的领带了。

但是翻译家依然惶恐。最开始我以为是旅馆那件事的缘故，可它应该早已解决了。他无论是张口讲话还是看我的目光，好像都在害怕自己一旦出错就会使我支离破碎似的。彬彬有礼和思虑周详是假象，从根本上支配他整个人的正是惶恐。

都这么大岁数了，还害怕些什么呢，我觉得很不可思议。翻译家掸掉掉在长椅上的草，轻轻地往后缩了缩跷起的脚，不妨碍落在脚边花朵上的菜粉蝶。他的手背上布满老年斑，系得过紧的领带结一半勒进了脖子的皱纹里。长相虽然普通，但耳朵的形状令人印象深刻，酷似 F 岛——也是我第一个认真注视过的他的身体部位。

"你没有家人吗？"

我问道。

"没有。"

翻译家回答。

从他的身上感受不到家庭的气息。无论是生长的家庭环境、和父母的关系，还是那个据说位于 F 岛的家等等，全都无从想象。他仿佛脱离了时间的掌控，突然从远方来到了爱丽丝旅馆的走廊上一样。

"我在三十五岁时结过一次婚，但是过了三年她死了。之后我就搬到了岛上。"

阳光越发耀眼，气温也在不断上升。游步道上"沙沙"的脚步声愈来愈近，又逐渐远去，有一对情侣从我们面前走过。他们眼中的我们，是怎样一种关系呢？爷爷和孙女？老师和学生？其实都不是，我们之间一点关联都没有。

海面上不断有风吹来，我不得不时时按住裙摆。波浪泛着白花，"哗啦哗啦"地凭空出现又消失不见。

"觉得热的话可以把外套脱掉哦。"

我说。

"不用，没关系的，就这样吧。"

我们默默地眺望海面。沉默不像先前那样令人难受了，反而如一层柔软的纱帐包裹了我们两个人。

脚下传来海浪撞击崖壁的声音，海鸟在高空鸣叫。将身体沉浸在纱帐里，四周的种种声音变得更加清晰。翻译家的呼吸声宛如经过精挑细选的某种东西一样，渐渐被我的鼓膜吸收了。

"再见。"

我先说道。

"今天真是谢谢你了。"

翻译家说。

可能是因为比上周晚了一些，等候室里人不太多。广播一直响个不停，催促乘客上船。

"你还会向我挥手吗?"

"当然。"

他笑了。那笑容浅浅地浮上眼角，马上又融化不见了。

"真的谢谢你。"

他向我伸出手，手指碰了一下我的脸颊。我吃了一惊，屏住呼吸。因为这个举动是他表达感谢的自然流露，所以并没有破坏我的心情。但是，心跳确实加快了。

我不知道该回以什么表情，低下了头。他的手指掠过耳朵摸了摸我的头发。

"你的头发好漂亮。"

他的指尖在颤抖。尽管我就在他身边，尽管只不过是头发而已，他还是很惶恐。

我低着头动弹不得，特别担心头上还残留着山茶花油的气味。如果翻译家也和我一样不喜欢这个气味怎么办……

栈桥上洒满夕阳余晖。按照事先约定好的，我在等候室的窗户里向他挥了手。这次我已经丝毫不觉得滑稽了，感到自己正在做一件力所能及的大事。

翻译家在登船台阶前回过头来。夕阳太过刺眼，我没能看清他的表情，但是他确实看到了我。他举起右手，回了一个再见的手势。

船开走以后，我把手掌按在他刚刚碰触过的头发上。今早妈妈梳盘发留下的梳痕，还很清晰。

嗯，她对我特别亲切，还请我吃了许多茶点。泡芙啊，水果蛋糕啊，冰冻果子露啊，全都是没见过的外国点心。老奶奶又优雅又温和，住在中央广场里侧的豪华公寓里。屋子有五间，可是她说就自己一个人住。她跟我道了好几次谢，我还是第一次被那样的有钱人感谢呢。不过就是陪着去了趟医院罢了。她肯定是太寂寞了，一会儿给我看旧相册，一会儿给我看画集，还放唱片给我听，特别热情地招待我。我说了好几次"我该回家了"，可她不让我走，所以才耗到这么晚。对不起哦，妈妈……

这些瞎话说得比想象的流利得多，我没有感到丝毫内疚。为了圆第一次撒的谎而一而再再而三地撒谎，很有意思。我嘴上讲着没见过的点心和公寓，心里却想着翻译家，眼前浮现出他满是褶皱的领带和在脚边飞舞的菜粉蝶。

"哦，是吗？"

妈妈好像不怎么感兴趣。

"然后呢，怎么没让你带两块点心回来啊？真是个粗心的老太婆。"

这句抱怨倒是没忘。

我怕妈妈起疑心，就赶紧回答：

"我吃了好多，肚子都撑着了，就不吃晚饭了。"

我想赶快一个人待着，蜷缩在前台里回想今天发生的事。如果不这样的话，那些看过的景色全都会化为幻影的。

从那天起，我开始望穿秋水般地等待每天上午十一点邮差的到来。翻译家想出了一个很符合大富婆的名字。如果妈妈问起的话，我就说是在和上次那个老奶奶通信。幸运的是，十一点左右妈妈一般都在距离前台很远的地方。

邮差是个讨人喜欢的年轻人，每次都把邮件送到前台，跟我聊上几句。什么天气好不好啦，旅馆景不景气之类的。我一向三言两语应付了事。

邮差的自行车已经消失在大道上，我还没有去碰那摆放在前台上的信件。若是轻易就找到翻译家的来信，那太可惜了。又或者，若是马上就知道没有翻译家的来信，那太可怕了。

以前我也曾有过这种翘首以盼的感觉。对，是等待爸爸回家的时候。每天晚上，我都在被窝里竖起耳朵倾听，不放过任何细微的声响，祈祷爸爸回到家时不要烂醉如泥。可以说，等爸爸回家就是我到了夜晚要做的事。但是大部分时间我都等不及就睡过去了。天亮以前被爸妈的吵架声惊醒，于是明白自己的祈祷又没有奏效。

有一天爸爸没有回来，到了第二天傍晚还是不见人影。我为了能在第一时间看到爸爸出现在大道对面，不停地在大堂入口进进出出，结果又被妈妈训斥了一顿。终于到了夜里，爸爸回来了。那时他已是一具冰冷的尸体，脸部浮肿，满身血污，就像变了一个人。

从那以后，我再也不用等待什么人了。

翻译家的信上没写什么特别的事，不过是一些四季交替、工作进展、玛丽依的情况、关于那天两人漫步悬崖边的回忆、对我健康状况的关心等等的内容，生硬古板，恭敬审慎。

但是对我来说，找到翻译家的那封信，躲在前台角落里偷偷阅读，是一天之中最宝贵的一刻。我小心翼翼地撕开信封，反复阅读三四遍，再沿着翻译家折过的折痕重新折好塞回信封。

我想不起他的脸。除了衰老，他的脸上没有任何令人印象深刻的特征。我能记起的只有他微微下垂的眼睑、指尖的微小动作、呼吸还有嗓音。我能回忆起它们的微妙区别，可一旦组合起来，翻译家的轮廓就变得模糊不清。

妈妈去练舞了，距离客人入住还有一段时间。下午，我再次从衣兜里拿出信来，认真仔细地品味蓝黑墨水写成的文字。结尾一行有我的名字："玛丽小姐"。

看信时，我感觉一个个文字都在盯着我似的，像极了想要触碰我头发的翻译家的指尖。我能感觉到他对我的那份渴望。我反复地阅读那封信，反复回忆并体味等候室里发生的那一瞬间。

"来，多吃点，大婶给你夹！"

来帮忙清洁的大婶是妈妈的老朋友，她早早地死了丈夫，靠做裁缝和在爱丽丝打工维持生活。妈妈总在背地里发牢骚，说她活干得挺好，就是吃得太多。谁叫合约上规定她在我们家吃午饭呢。

"年轻人得多吃点哦，这是最基本的。"

大婶让我吃盆里剩下的土豆泥，顺便也往自己盘子里夹了点。

妈妈和大婶两个人边说边吃，各喝了两杯红酒。她们谈论别人的八卦消息，前台的电话铃响或者送货卡车到了后门的时候，由我出去应对。

"玛丽，你有男朋友了吗？"

有时候大婶会问我，我就随便敷衍过去。

"总是闷在旅馆里的话，心情都不好啊。就算再可爱的女孩，一天到晚这么坐着，也入不了男人的眼哦。应该多打扮打扮！下次啊，大婶给你做身连衣裙。那种性感的，胸脯和背上都露肉的，腰掐得紧紧的，怎么样？"

大婶把红酒一饮而尽，抿嘴笑着。其实她一次也没为我做过衣服。

我知道她有爱偷东西的毛病。为了不被妈妈发现，她经过仔细斟酌，只偷不值钱的破玩意儿，绝不碰旅馆的备用品和妈妈的东西。

第一次发现她这个毛病是因为我丢了圆规。圆规上数学课才用，平时一直扔在抽屉里没动过，可是不翼而飞了。这东西丢了也无妨，所以也没有去找。接着就是厨房的抹牛油刀、洗脸池台面上生了锈的刮胡刀、药箱里的清洁棉，还有我的小镶珠盒。丢到了这个地步我才发觉不对劲。她渐渐染指我的随身用品，手绢、纽扣、长袜、衬裙……唯独与头发有关的，像梳子、发卡、山茶花油之类的从来没下过手。可能是她也很清楚对于为我盘发这件事，妈妈有多么执着。

有一天，我在大婶随手乱放的包里看见那个小镶珠盒露出了个角。小镶珠盒是我小时候逛夜市时买的小玩意儿，她往里面塞满口红、收款条还有钢镚儿什么的。

我怕事情变得更复杂，没有告诉妈妈，还轻轻地帮她合上了包。这个小盒被妈妈发现可不好。所以直到现在，我的那些日用品还在一个接一个地消失不见。

"玛丽还是孩子呢。"

妈妈这么说着，点燃了香烟。

"说起前几天那个和妓女大闹一通的客人……"

大婶一边把筷子伸向妈妈吃剩下的炸鱼排，一边说道。我的叉子插进土豆泥里，动不了了。

"我听一个来改大衣的老太太说，以前好像也有过类似的闹剧。"

"估计也是。那种男人狗改不了吃屎，肯定是想让女的干一些特别淫荡的事。"

"比如说呢？"

"那种事情我怎么知道？"

两个人高声大笑起来，喝干了酒杯里最后一点红酒。我低着头，在土豆沙拉上叉来叉去。

"那人可是出了名的怪人。也不知道吃些什么，天那么热，还老穿一身厚衣服在街上走，从来不和人打招呼。"

"这种乖僻的人都是这样，所以说变态嘛。"

"那个老太太在超市买东西时见过他一次，他说自己买的面包发霉了，正在对超市的店员抱怨。态度特别横，没完没了，反正和一般人不一样。不是你死就是我亡，握紧拳头，哟，那真是吓人！那年轻店员都给吓哭了。不就是一个面包嘛，你说说。"

"招人烦的客人，无论上哪个店都不受欢迎。"

"而且还住在岛上。"

"真是不正常。"

"还有人说他把老婆杀了，才逃到这儿来的。住在那个小岛上是为了避人耳目。"

"啊，杀人？原来是杀人犯在这闹了一场，太可怕了。"

"真是的！"

妈妈朝着一片狼藉的饭桌上吐出一股烟，大婶舔了舔沾满油的手指，我来回搅拌着土豆沙拉。

比起怀疑翻译家是个杀人犯来，她们对他的品头论足更让我觉得不可原谅。我把沙拉一股脑塞进嘴里强迫自己咽下去，却被土豆给噎住了。好难受。

三

　　我记得最清楚的客人，是一名叫作爱丽丝的外国女人。

　　有一天，店里接到了一封英文传真，我把它翻译给妈妈听：

　　"九月十七日和十八日两晚，订一间单人间，带早餐。傍晚五点左右，乘出租车到达。"

　　那个女人头戴一顶装饰着大蝴蝶结的宽檐帽，提着一个行李箱，准时抵达。

　　"您大老远光临敝店，欢迎欢迎！我们给您准备了最好的房间，快快请进。"

　　外国客人很少见，妈妈也一反常态地笑容可掬起来。

"我对外语一窍不通，但是我女儿多少懂一点，有什么事，请吩咐这孩子。"

不知道女人听懂了妈妈说的话没有，她把帽子摘下，捋了捋栗色的发丝，嘴角浮出一个温暖的微笑。她四肢纤细瘦长，身着一件素朴的连衣裙。

这时，我们三人之间的空气突然微微作响，凹凸不平，变得粗糙起来。倒不至于令人痛苦，但也不能让人忽视。她是个盲人。

"我非常期待住在和自己名字一样的旅馆里，能不能把整个建筑物的房间配置和房间里的摆设向我说明一下呢？这样的话，以后我就能一个人行动了。我可以一个人做任何事。"

女人说道，发音清晰易懂。

"好的，那是当然。"

我回答。妈妈用胳膊肘顶我，我就挑了些重要的话翻译给女人。妈妈把胳膊肘支在前台上，仰着头打量女人的脸，刚才可掬的笑容已经完全消失。她皱着眉头，食指按住了太阳穴，然后拿出了一把钥匙。那并不是最好的房间，而是一个风景差、不通风、热水不畅而且最窄小的屋子。

我把行李箱提上楼之后，女人很客气地向我道谢。我想告诉她："如果有什么问题，请尽管来找我。"但是，拙劣的英语水平实在无法表达。我握住她拿帽子的手，引领着走到墙上的挂钩边。在暗淡的房间里，帽子的蝴蝶结变成了一个小小的装饰。

我没找到走出房间的时机，在帽子跟前伫立了一会儿。她的瞳孔是淡蓝色的，很美，美得不像是人类应该有的眼球。

"为什么不让她住 301 号房呢？空房间那么多。"

我朝妈妈发牢骚。

"真够傻的，你。她眼睛又看不见，从窗户能不能看到大海有什么关系呢？"

妈妈压低声音答道，那意思仿佛就是"她能听见，得小点声"。

爱丽丝小姐的探险足迹遍布旅馆的各个角落。她一会儿数台阶，一会儿迈着步子测量走廊长度，还专门确认了食堂入口的位置。她的手指没有放过任何一个不起眼的小地方，电灯开关、落满尘埃的画框、门框合页、窗帘和窗帘扣、门把手上的划痕、翘起的壁纸。她把我们早已忘到脑后的东西一个个拾起，用手掌温热、抚摸，宛如彩虹女神的替身，关爱着这个地方。

真正爱着爱丽丝旅馆的，只有她一个。

我从来没有像那天那样感激过妈妈为我盘发。

那天，我和翻译家约好一起吃午餐。预约的是一家我从未去过的、镇上最高级的餐厅。

托妈妈的福，我不必担心自己的发型。其实还想绑一个蝴蝶结来着，但是肯定会被妈妈怀疑的。毕竟我是去见那个"老太太"，没必要打扮得那么漂亮，终于也就没有说出口。

我挑了一身黄色的小碎花连衣裙。虽然早已过时，但也没办法，谁让我只有这么一件能见客的衣服。廉价的手包幼稚得不行，草帽也早已掉色。只有鞋子是真皮的——那是某个客人落在旅馆里的，她填在住宿登记本里的地址是假的，联系不上，妈妈就让我穿了——除了有点挤脚以外，没什么可挑剔的。

我悄悄打开妈妈的梳妆台，梳妆台里散落着四五支用了一半的口红。每支的颜色都很艳，但是浅浅抹一层应该没问题，于是我拿出一支。口红前端已经凹了进去，留有妈妈的唇印。我尝试着把自己的嘴挨到上面，闻到了一股神秘的气味，不由得心跳加速。那个大婶，她偷东西的时候是否也像我现在一样呢？

我认认真真地涂了口红。一眨眼的工夫，嘴唇就矗立在脸上，散发着低俗的光泽。我赶紧用纸巾擦了擦，结果抹到了嘴唇外，更难看了。

我提心吊胆，害怕妈妈突然进来，约定的时间也快到了，必须更加努力埋头作业。我觉得把自己的嘴唇装饰得明艳动人是翻译家最渴望看到的，不能让他失望。他想碰我一下都那么畏首畏尾，如果我不能让他满意，他该有多么哀怨啊。光是想想就可怕。

口红总算抹好了。我穿上丝袜，戴上草帽，再次确认连衣裙的拉链是否拉好。有一个人和自己在同一天的同一时刻去往同一个地点，这一微小的事实足以令我欣喜。

我向正在打扫三楼客房的妈妈和大婶说了再见，就穿过中庭，出了后门，朝着中央广场的花朵时钟跑去。

"我的信每次都能顺利地交到你手上吗？"

翻译家问。

"嗯，不用担心。"

我回答。

"我就怕你看不到。一想到这些信你没看到，被埋葬到什么地方去了，我就坐立不安。"

他仿佛想要好好看看我的脸似的，把我的帽檐往上抬了抬。我立刻眯起了眼睛，真的是盛夏了。在我们身后，少年依旧沉默地拉着手风琴。

"你肚子饿了吗？"

翻译家问道。

我点点头，但其实不知道到底饿不饿。为了观察多日没见的他，我的感觉神经全都去了眼睛、皮肤、耳朵上，根本无暇顾及内脏器官。

我们顺着海岸大道一直走到餐厅。海边已经撑开几把遮阳伞，崖壁也完全露了出来，人们排成长龙打算从裸露出来的岩石上走到崖壁那边去。大道上满是后背沾了沙子的人、在湿漉漉的泳衣外面套了 T 恤的人、抱着鼓鼓的游泳圈的人。我们怕走散，相互紧挨着对方。

翻译家依旧穿着羊毛质地的西服，戴着配套的珍珠袖扣和领带夹，领带还是上次那条。

"我没在餐厅吃过饭，更别说在那种高级餐厅了……"

"不用担心，喜欢吃什么就放开吃好了。"

"你经常在那里吃饭吗？"

"不是，偶尔去。只在我外甥来的时候。"

"你有外甥啊?"

"我亡妻的妹妹的儿子,比你大三四岁。"

我惊讶于他居然有老婆,但更意外的是"亡妻"这个词。

"哇,今天的崖壁看得可真清楚。"

他指向大海。大海呈现出今年最美的颜色,从海边到海中央,蓝色渐渐变深。散布在海面上的帆船和船头冲开的白色波浪,更是衬托得它湛蓝澄净。整个崖壁全都沐浴在阳光下,但是被贝壳和海藻覆盖的岩石表面还是湿润的。

"是啊,真的呢……"

我朝着他指的方向看去。"亡妻"这个词,在如此美妙的风景中显得微不足道。

我们到了餐厅门口。满面笑容的门童恭敬地鞠了个躬,刚要把我们领进去,突然从背后传来了说话声。

"哎呀,好久不见啊。"

这女人似曾相识。

"过得怎么样?那次真是承蒙关照了呢。"

女人故意矫揉造作地大声说话。翻译家仿佛没听见一样,把手臂绕到我背后,继续往里走。

"哎呀,还想装作不认识我?这也有点太无情了吧?"

她和女伴对视一眼，嘿嘿笑着挤了挤眼睛。她们两个人都没化妆，脸颊浮肿，杂草一般的头发胡乱梳在脑后，套着短得离谱的迷你裙，还光着两只脚。我认出来了，她就是那天晚上在爱丽丝闹腾的女人。

"咱俩这关系，你想跑也跑不了啊。装得还挺人模狗样的，真是笑死人啦。把舌头伸进人家屁眼里……"

女人尖声笑起来，引得路人纷纷回头往这边看。坐在餐厅靠窗位置的客人们也察觉到了异样，都一脸讶异地望了过来。门童脸上的微笑消失了。我不知所措，缩着肩膀，紧紧抓住他的胳膊。

"进去吧。"

他在我耳边低语，声音小到只有我能听见。就好像根本没听见那些骂声似的，翻译家目不斜视，优雅地搂住我的肩膀，走进了玻璃门。

"这次又勾引小女孩，想干什么勾当呀？喂，小姑娘，你可得当心啊！"

她还在不依不饶地喊着什么。我为了堵住耳朵，把身体更紧地贴向他的胸脯。

"欢迎光临。"

领位的服务员一会儿看看外面的女人，一会儿看看我们，脸上露出为难的神情，不过还是保持了应有的职业礼貌。

翻译家报了自己的名字，我看到女人又骂了句什么离开了，街上的路人也觉得没意思各自走开了。但是，包围着我们的怪异气氛却没有消失。

服务员盯着预约本看了半天，从上看到下，又从下看到上，还不时偷瞄我们几眼。他的视线和女人的叫骂声重叠在一起，更让我无地自容。我突然觉得自己的打扮实在寒酸，就把手包藏到了身后。

"非常抱歉，我们没有接到您的预约……"

服务员严肃地说道。

"不可能。"翻译家抗议道，"你再好好看一看。"

"我已经看了好几遍了……"

"五天前，我打电话预约的。预约的七月八日下午十二点半，两个能看见海的座位。"

"可能出了什么差错。"

"你打算说一句出了差错就了事吗？"

"非常抱歉。"

"我们人都到这儿了，你们得负责。"

"非常遗憾，今天已经满位了。"

我看到翻译家的额头上渗出汗珠，正流过太阳穴滴落下来。他嘴唇干裂，搭在我肩膀上的手变得冰凉。服务员虽然在低头认错，但是看不出半点诚意，脸上明明白白有了不耐烦的神情。

"你去把负责预约的人找来，一问就明白了。你想糊弄也没用，我还清清楚楚地记得接电话那个人的声音！不只是声音，我们的对话一字一句都记在我脑子里！快点儿，把接电话的带到这儿来，不然的话，你就让我看一下预约本。这样对你们来说不是更为难吗？如果在十二点三十分那栏里写着我的名字，你们打算怎么负责？"

翻译家的声音越来越大，越来越无法控制，到最后沙哑、颤抖了起来。门童和一个负责人模样的人从里面走了出来，用餐的客人们全都看着我们。我害怕极了，长这么大第一次感到如此强烈的恐惧，只能一动不动地杵在那儿。我深刻地预感到，倘若身体的哪个部位有所动静，我们的境况会更加窘迫，无法挽回。

"这位客人……"

"少侮辱人！"

翻译家松开一直揽在我肩上的手，抢过预约本重重地摔在了地上。

在场的所有人都看着地上的预约本。除了这儿，没有其他地方可看。

翻译家摔了预约本后垂下手，喘着粗气。他想吐出的不是怒火，而是另一种痛苦，仿佛不知不觉中露出的小破绽，无法控制地扩散开去，渐渐包裹吞噬掉了他整个人的轮廓。如果只是怒火，我能让他消气，但是我无法将破成碎片的他重新拼好恢复原样。

"别这样，算了吧。不在这里吃也行啊，管他约上了没，有什么关系呢？是不是？求求你，算了吧，不要再跟他们闹下去了。"

我紧紧搂住他，双眼噙满了泪水。我一边哭一边回忆起他那句"少侮辱人"。对，就是这个声音！第一次在爱丽丝旅馆里虏获我的心灵时，就是这样的声音，一模一样。这是穿透混乱的一道光芒，只有它穿过的路上才栖息着强韧的力量。

明明害怕得都哭了起来，我却在心底祈祷，希望能再次听见他下达的命令。

我们被赶了出来。无论是蔚蓝大海、夏日艳阳还是喧闹嘈杂都没有变，但是进餐厅之前的欢愉之光已经无处可寻。在这一瞬间，我们掉入了黑暗潮湿的洞里。

"真对不住。"

翻译家说。

他的恶劣情绪快速平静下来，轮廓又合为一体，脸上没有了汗，手又搂住了我的肩头。

"没事，没关系的。"

可是我的眼泪一直掉个不停。女人的谩骂、餐厅的苛待、他的骤变以及突然感受到的内心欲求……所有这些几乎在同一时间一齐袭来，令我不知所措。

"让你难堪了，真对不起。我没想到会这样。"

"请不要说对不起。"

"来，擦擦眼泪吧。"

他从上衣兜里拿出手绢，替我擦去眼泪。手绢雪白，没有一丝褶皱。

"你不用道歉，谁都没有错，只是运气不太好。而且，我不是因为伤心哭的。"

手绢上的气味更让我泪如雨下。

我们走出餐厅时，所有的人都不发一言，只甩给我们混杂着轻蔑和愤怒的漠然表情。然后，客人们若无其事地接着吃大餐，服务员捡起预约本拂去了封皮沾上的灰尘。

不知是否出于同情，门童还是为我们开了门。

一直走，一直走，我们走到看不见餐厅的地方，在水泥防波堤上坐下。我还在哭。天空万里无云，日照愈来愈烈，偶尔有南风吹来，掀起我的裙摆。

翻译家一再地从帽子底下偷看我的脸，应该是想安慰我。他一会儿摩挲我的后背，一会儿把手绢叠好，还为我扫去沾在鞋上的沙子。

从海边飞来的塑料球滚到我们脚边，一个脸上粘着冰激凌的小孩惊奇地望着我们，几个身着潜水衣的年轻人走过去，身上的水滴了一路。游船离开栈桥，拉响了汽笛。

"现在想干什么？我都听你的。"

翻译家说。

我长吁了一口气，等着最后一滴泪从眼角滑落。

"我肚子饿了。"

这是我现在的真实感受。进餐厅之前一点儿也没觉得肚子饿，但是当一切未能如愿以后，我突然变得特别想吃东西。

"啊，对呀，都一点多了。咱们去美餐一顿吧，还有很多其他餐厅。你想吃点什么？"

"那个。"

我指了指眼前的路边摊。它正在卖比萨，脏兮兮的。

"你想吃比萨的话，有一家店的更美味，还可以坐下来慢慢吃。就在这附近，我带你去。"

"不用，那儿就行。"

我还是指着那里。

此时此刻，我只想大吃特吃那些油腻的东西，紧紧塞满一嘴，咽都咽不下去。这种粗鄙的就餐方式，最适合现在的我们。

我们站在柜台的角落里吃比萨，喝可乐。翻译家好像在沉思，低着头小口咬着比萨的边缘，不小心沾着一点手，就用纸巾擦干净，再攥成团扔进烟灰缸。他偶尔看看我，欲言又止，把要说的话和可乐一并吞咽下去。

我也一言不发地把比萨一张张消灭干净，挤在皮鞋里的脚指头隐隐作痛。

木制的柜台比爱丽丝的前台还要旧得多，沾满橄榄油、番茄酱和辣酱，黏糊糊的。店里很昏暗，烟雾缭绕，服务员的态度很冷漠，蟑螂穿梭在调味料的小瓶之间。

奶酪融化后粘在了牙上，小口蘑太烫伤了嘴巴，早上那么用心涂抹的口红也完全蹭掉了。吃啊吃，吃啊吃，不管吃多少，都没能填平我们失落的深渊。

四

男人对我的身体做的一切是否算正常，我不知道，也没法确认。

但是我觉着，应该还是挺特殊的。在夜幕下的爱丽丝的前台里，我习惯一边感受飘浮在旅馆里的神秘声响与氛围，一边在脑海里构想画面。然而，现在我经历的与之相差太远。

"把衣服脱掉！"

这是他对我下达的第一个命令。哦，这个声音是对我发出的，一想到这我就止不住胸口的悸动。

我摇了摇头。不是拒绝，只是羞于被他发现自己的悸动。

"把所有衣服，都脱掉！"

男人重复道。他很冷静，但我能看出焦急和欲望正隐藏在他冷静表情的深处。刚才还那么战战兢兢的，一到了岛上就仿佛变了个人。他开始了对我的控制。

"不要……"

我跑到门口想打开门。他端着茶杯，茶杯震得咔嗒直响。

"你想走吗？"

没注意到他有什么动静，却不知何时挡在了门前，还抓住了我的手腕。

"距离下班游船还有三十分钟呢。"

手腕上越来越痛，他的指甲嵌进了我的皮肤里。一个四五十岁的小个子男人怎么有这么大劲儿，太不可思议了。

我知道他会这样来阻止我的。其实从一开始就意识到了，我已经不可能从这里逃掉。

"放开我！"

但是我说的都是口是心非的话。因为这样一来，他就会下达更强硬、更具压迫力的命令。

他想把我拽到屋子的正中央，但是用力太猛，脚下绊了一下。我们一起摔倒在了地板上。沙发腿、拖鞋以及窗帘缝隙间若隐若现的大海映入我的眼帘。

"让我教教你怎么脱衣服吧!"

男人把我翻过来,让我趴在地板上,然后摁住我的头,一把拉下了连衣裙的拉链。背上响起一阵刺耳的金属声,就像刚刚用锋利的刀具切割了一般。我不禁哆嗦了一下,想蜷起身子,但是他没让。连眨眨眼睛、动动手指这些细微的动作,他都不允许。

是了,他的怒气还没消。他要用自己独特的方式,借我的肉体向那个女人和餐厅的服务员复仇。

我被他压得耳朵扭曲,乳房变形,嘴巴半张着,想闭也闭不上。地毯上的硬毛扎着嘴唇,有一股苦味。

照理说,我的身体是痛苦的。但是痛苦没有传达到我。我的神经已经如乱麻一般缠绕在一起,他给的痛苦刚一渗入皮肤就绽放出一股甜美的香味。

他把我的连衣裙扒下来,扔在了一边。于是,它在瞬间变成了角落里一堆黄色的垃圾,完全不见上一秒包裹我身体的痕迹。

紧接着,我身上的吊带衬裙、丝袜、文胸全被剥去了。该拽哪里,该怎么解开搭扣,他轻车熟路。两条腿,两只胳膊，十根手指在我的身上不停游走。没有一次犹豫，也没有一次失败。

最后的内裤被拽到脚腕，我哀号了一声。终于，自己被剥得一丝不挂，成了一只待宰的羔羊。

刚才的哀号，我觉得已经使出了吃奶的力气，但其实发出的只是呻吟而已。男人把我的脸更加用力地按在地板上，我看见自己丑陋的脸映在书柜的玻璃门上。玻璃里边是一排俄文书籍。

我这是第一次看见俄文。刚被他带到这间屋子里时，最先看见的是办公桌。那是一张朴素又古旧的桌子，上面摆了五支削尖的铅笔、两本用旧了的词典，还有镇纸、放大镜、裁纸刀、打开的厚书与笔记本。所有的一切全都摆得整整齐齐。

同样，笔记本上的字也是工工整整，规规矩矩。一个个小小的字符仿佛是准确计算过的一样，没有丝毫涂改和添加的痕迹，宛如一张精巧的工笔画。

"这就是玛丽依出场的小说吗？"

他抓住我正伸向书的手，包在自己的掌心里。也许他不愿意让我碰那本书，也许只是单纯地想握我的手。

"是的。"

"我虽然看不懂意思，但是俄文，光看着也挺有意思呢。"

"为什么？"

"看起来就像藏着浪漫秘密的密码一样。"

他仍然紧握着我的手，没有放开。

"玛丽依现在怎么样了呢？"

"她终于遇到了那个教她骑马的老师。在马棚的角落里，他们手中还拿着鞭子，紧紧抱在了一起。马在低声嘶鸣，脖子上的锁链随之晃动。他们脚下的稻草在响，沙沙，沙沙。从墙壁的缝隙间照射进来的光，在黑暗中斜切出一个平面。然后他们俩……"

男人靠近我，吻住我的嘴唇。在这一瞬间，我感受到了他嘴唇的全部。无论是温暖的体温，还是略带苍老的触感，一切的一切。

这是个无声的吻，连海浪声都静止了。我觉得自己被吸进寂静的深渊里去了。

男人的欲望渐渐高涨起来。本来放在我肩上的两只手迷走在我的后背，到达腰际，摩挲着胯骨。我不知道该怎么应对了。

是的，要服从他的命令。除此之外，别无他法。

当欲望到达顶峰时，男人说话了："把衣服脱掉！"

外面酷热难当，家里却清凉无比。应该不是我被脱得一丝不挂的缘故，应该是那些沉淀在整间屋子里的冷气造成的。南面的窗户开着，窗帘偶尔飘动，但是热风吹不到这里。窗户外涂着白色油漆的露台、铺着绿草坪的庭院、远处壮阔的大海，它们都成了遥远世界的风景。这里，只有我们两个人。

男人抓住我的头发，把我拽到沙发上。我本能地想用双手抱住头，但是为时已晚。妈妈梳的盘发散开来，垂到脸上，掉下的一个个发卡都挂在了头发上。

"你想反抗也没用了。"

很痛，但是他的声音给了我快感。我想点头，结果脖子动弹不得。

"快回答我！"

"是。"

好不容易才发出一个微弱的音来。

"说清楚点！"

"是，我明白了。"

我反反复复地说着这句话，直到他满意为止。

男人不知从哪儿拿出一条奇怪的绳子，把我一圈圈捆了起来。绳子比打包用的塑料绳更柔软、更结实，还有一股淡淡的化学药品的气味。有点像放学以后理科教室的气味，又有点像爷爷临死前发出的气味。对了，还挺像插在爷爷肚子里用来吸出黄色体液的管子的气味。

绳子嵌进了我的身体里，肉被勒成一块一块的。男人的手法非常纯熟，从开始到最后，整个流程干脆利索，堪称完美。他的每根手指都忠实地完成了各自的使命，对我施了魔法。

我无法想象自己的身体到底变成了什么样子，只能看书柜的玻璃门。

两只胳膊被绑在背后。乳房被挤压得完全变了形，乳头却呈现出淡粉色，好像在渴望着被人抚摸。捆着膝盖的绳子还连着大腿和腰部，迫使双腿大张。我尝试着想要闭上，但是微微一动，绳子就系得更紧，直接勒进那最柔软的黏膜中去。就连一直紧闭在暗处的花瓣深处，都暴露在了阳光下。

我明明不会再跑，什么都听命于他，但他还是不相信我。无论如何，男人都要把我的自由剥夺殆尽。

"你为什么发抖?"

他抓住我的下巴。我的脸只不过转了一点，绳子就深深地勒进了肉里。我知道自己必须顺着他回答，但是嘴巴里出来的只有微弱的气息。男人把我脑后的绳子结一拽，痛感瞬间传遍了全身。

"对不起!"

被痛苦所激，我好不容易说出话来。男人仍然没有松手的意思。

"对不起，原谅我!"

这句话我曾在孩童时期无数次对妈妈说过，不过当时我并不懂得原谅为何物，只是一味地哭号般叫喊。现在，我终于明白了其中的含意，我从心底里想要求得原谅。

"求求你了，原谅我吧。我再也不发抖了，我会听话的。"

他俯视着我，眼睛眨也不眨地盯着我身体的每个部位看。

从碗柜到床单、办公桌，再到笔记本上的文字，这间屋子里的一切都是那么井井有条。只有我扰乱了秩序。连衣裙和内衣裤散落一地，连沙发上都是这些格格不入的东西。

映在玻璃里的我，就像一条濒死的昆虫，一只吊在肉店仓库里的肉鸡。

下了游船，我们和拥向潜水商店的游客们背道而驰，顺着海边小路一直走到尽头。这里有一片很小的海湾，男人的家就在海湾边上。

房子很朴素，有着绿色的屋顶。草坪修剪得很漂亮，露台就像刚刚漆过似的闪闪发光，窗前垂挂着纯白的蕾丝窗帘。但是衰败盘踞在这个家中各处，无从遮蔽。无论是墙壁、窗框还是大门，都经受了多年的海风吹打，看上去异常破旧。

水泥石阶里嵌着贝壳，一直延伸到他家的门口。

"来，小心点。"

男人拉住我的手。挤在皮鞋里的脚指头已经疼得无法忍受了。

当然，这点痛根本算不上什么。他竟然担心我摔倒伸了手过来，他竟然会用这种方式来爱我，真是做梦也没想到。

"这间屋子真漂亮。"

我坐到沙发上说。这并不是真心话，因为我刚一进门就被一种奇妙的不适感缠绕住了。

"谢谢。"

男人很开心地回答,从餐厅延续到比萨摊的那副愁云惨淡的表情终于消散了。这时,他是不是已经在心里盘算起该在何时向我下达第一个命令了?

这个房间是起居室兼书房,整面墙全是书柜。里面的小房间貌似是卧室,能看见衣柜和床等家具。玻璃窗开着,可以一直看见厨房。厨房里面摆的全是过时的东西,不过干净整洁。

整个房子里没有一点多余的装饰。画框、花瓶、摆设之类的,一个也找不到。只有实用的、派得上用场的东西。

不过要说房子的最大特征,应该算是彻底的一丝不苟吧。书柜里的书全在它应在的位置上,煤气灶被刷洗得锃亮,床单上也没有一丝褶皱。在这儿待着说不上心情舒畅,它有点儿规矩得令人喘不过气来。我悄悄地把膝盖上的抱枕放回了原处。

"我去做点喝的东西。"

男人走向厨房,端来了一套红茶茶具,在托盘上摆得恰恰好。

我目不转睛地看着他倒红茶:温热杯子,把茶叶放进茶壶，注入热水，盖上盖布稍等片刻，放在托盘边缘的手往杯中倒进适量的牛奶，把盖布摘下，从高处注入红茶使其与牛奶充分混合。

"来，喝吧。"

他打开方糖盒，把杯子转了半圈才递给我。到此为止，一连串的动作算是宣告完成。

这时我才第一次发现，原来男人的手指动起来居然这么好看。不算有力，但非常优雅。指甲颜色灰暗，星星点点布满老年斑和黑痣，但是每次接触到他物，就会散发出魅惑、控制对方的妖冶气息。

我把红茶一饮而尽。载着潜水客的小船从海湾横穿而过，街道在粼粼波光的反衬下显得黯淡无光，有只褐色的小鸟停在露台上又马上飞走了。

面对我这副丑态，男人会不会觉得幻灭呢？虽然是自己捆的，但是成品实在丑陋，他会不会觉得不知所措呢？会不会觉得还是那个把他骂得狗血喷头的妓女比较好呢？

男人压了上来，一点也不着急。仿佛在告诉我这绳子是绝对解不开的，又仿佛是为了更长久地享受这种快乐，他非常缓慢地运动。

他的嘴唇在我的脖子和耳朵附近徘徊，吸住了我的唇。和刚才那个接吻完全不一样，黏膜和黏膜在厮磨，带有比萨奶酪味道的唾液流进了我的嘴里。

我的乳房被他的两只手玩弄着。因为被绳子绑得紧紧的，无论多么微小的刺激都能引起敏感的反应。乳头坚挺起来，仿佛在迎合他指尖的揉搓。

他一直没有脱下西服外套，没摘领带，也没解袖扣，还是那身在花朵时钟前等我的行头。只有我，变得不堪。

触碰我肉体的只有嘴唇、舌尖以及手指，但这些就足够了。

他没有放过任何一个部位。我第一次感觉到自己原来有肩胛骨、太阳穴、脚踝、耳垂，甚至……他认认真真地用唾液沾湿，再用嘴唇爱抚它们。

我闭上了眼睛。这样能更加鲜明地感知到自己正在经历什么，那令人难以启齿的情事。沙发上的塑料布难受地粘在后背上，明明有点冷，身上却汗津津的。

不知何时男人探了过去。只是感到他逼近的气息，我的神经就开始挣扎了。不知他接下来会干什么的不安，和想要他进一步折磨自己的渴求，将我撕成了两半。从这撕裂的伤口里，快感如鲜血一般正喷涌而出。

他的手指到了那黑暗的入口。我觉得自己快要发狂了，仿佛里面的一切都要破碎了似的。这样连快感是不是都会破灭？我想尽办法闭合花瓣，但是捆紧双腿的绳子丝毫不肯放松。

手指侵入了黑暗中。那个连自己都没碰过的地方，却被男人不带一丝犹豫地闯了进去。

"不要！"

我第一次发出了大叫。男人打了我的脸，同时，有新的痛苦袭来。我想起了马棚里的玛丽依。玛丽依是否也像我一样正在接受鞭子的抽打呢？

男人把一直藏身在黑暗中的手指拿了出来，在我的脸上蹭了蹭。黏糊糊的东西弄湿了我的脸。

"舒服吗？"

他问道。我摇了摇头，同意还是否定？我也不知道，已经无所谓了。

"挺舒服的吧？"

他把四根手指一下全塞进了我的嘴里，噎得我差点吐出来。

"什么味儿啊？"

我想用舌头把他的手指顶出去，唾液顺着嘴角流了下来。

"舒服得都流口水了啊?"

我使劲点头。

"淫荡!"

男人又一次打了我。

"是的,很舒服。求你了,接着来吧! 求求你了!"

回到爱丽丝时,太阳已经快要沉入大海了。每个房间里都有泡完海水浴回来冲凉的客人,朝着中庭的窗户上晾着泳衣,竖琴少年的鬈发被染上了夕阳的余晖。

"怎么回事啊,你的脑袋?"

妈妈马上就注意到我的头发不对劲。

"钩到帽子上了……"

我若无其事地回答。

"哎哟,全都乱了! 你要这副模样坐在前台吗?"

她把我拉到梳妆台前,像早上一样按部就班地把头发全部盘好。不过,反正洗澡也要解开。

这些头发今天受到了怎样的折磨,妈妈会发现吗? 不,不可能发现。

在洗脸池边,我和男人为了恢复发型想尽了办法。

"不行，这样肯定会被妈妈骂的。"

我叹了口气。

"已经很整齐了。"

他安慰道，仿佛已经忘了这到底是谁造成的。

"不，妈妈对头发的看重接近于病态，就算发卡的位置稍微偏离一点都不放过。"

洗脸池周围也擦拭得很干净，不留一滴水。白色搪瓷质地的洗面池，带镜子的整理柜，不出热水的旧式水龙头，一套剃须和刷牙用品，刚刚新换的肥皂。

男人手里的梳子对于绺长发来说实在太小，而且也没有最关键的山茶花油。长发掉得哪哪都是，我好歹把它们一一捡起，集成一束，卷成一个圈。他生怕碍我的事，小心翼翼地抚摸着我脖子后面未梳上的发丝。

宛如"咔嚓"一声整个世界变了个样，胆小怯懦的男人又回来了。但我没有忘记自己刚才的模样，认认真真地把发卡一个个插到头发上，浑身上下都很紧绷，生怕什么时候又会突然刮起大风。

"真的，很可爱……"

男人冲着镜子里的我说道。然后温柔地把手环上腰际，抱住了我。这一切只发生在一瞬间，却和他舔遍我全身的动作同样美好。我们就这样表达着我们的依依惜别。

"你听好啊，你不能戴什么帽子。好不容易长个这么可爱的脸蛋，为什么一定要遮住啊？"

妈妈的用词和男人如出一辙。

"我说了多少遍了，头发必须得弄得整整齐齐。买衣服、手包、化妆品，那都是要钱的，绾头发可是免费的！"

好像有客人从楼上下来了，也许他们是要出去吃晚餐。钥匙放在前台上的声音和孩子们的打闹声一起传了过来。妈妈把头发绾得很紧，我的眼角都吊了起来。但是不疼，一点也不疼。

"你最可爱的玛丽，刚才还是一副人类最丑陋的模样呢。"

我在心中暗道。今天，我去了特别远的地方，去了大海上妈妈的手臂够不到的遥远地方。

五

又丢了东西，这次轮到我那天穿过的长衬裙。明明放在了抽屉的最下层，明明还有其他很多衬裙，但是那个大婶偏偏拿走了那条。

那其实是便宜货，由于清洗次数过多，蕾丝边都变粗糙了。但是大婶不管，她需要的只是把我的东西据为己有时的刺激感。来爱丽丝上班之前，她会不会穿着那条衬裙得意扬扬地在镜子前左瞧右照呢？别看吃得不少，她的身上却很瘦，尖下巴，胳膊腿儿细得像半截木棍，胸脯那里只有肋骨突出。那身板倒是很配穿偷来的内衣。

我一点也不觉得可惜。那天，这条衬裙在眨眼间就被剥去，揉成团扔到了沙发底下，什么用处也没有。翻译家和我之间，是不需要什么衬裙的。

正式进入旺季之后，爱丽丝也变得忙碌了起来，连续好几天客房都是全满。客人一拨又一拨地光临，在大海里畅游，在崖壁上散步，到了晚上就安眠在爱丽丝的床上。

大婶现在不光白天来，晚上也来帮忙干杂活儿了。

翻译家每隔三天就会写来一封信，遣词用句和工整笔迹依旧没变。信里的他，和那天贪求我身体的姿态判若两人。

我很喜欢一边回想那天在他家发生的一切，一边阅读他礼仪周全又谦卑恭敬的书信。读完以后，我把信混在客房垃圾中一并倒进后院的焚烧炉里烧掉。其实很想把它们都留下，但是想在爱丽丝找到一处既不被妈妈发现又不会被大婶偷走的隐秘场所，几乎是不可能的。

忙起来以后，想在前台安静地独处就很难了，妈妈一看见我就让干这干那。连住几晚的客人要求实在太多：拿点冰来，要冷敷身体；下水口被沙子堵住了，水流不下去；房间太热、太冷、蚊子太多，睡不着；等了半天出租车也不来……刚处理完这边，那边又有新的抱怨产生。我只能默默地挨个处理。

沉默是金是我秉承的原则。这样一来，就可以把自己独享的秘密藏在更加安全的地方。

中午过后，我为了换浴室里的毛巾进了 202 号房间。这间屋子住着一对带着婴儿的年轻夫妇，他们刚才去海边游泳了。

他们的旅行包大敞着口，里面全是纸尿布、断奶时用的食品罐头、脏袜子以及化妆包。小桌子上的空奶瓶倒着，奶粉撒得到处都是。这间屋子是爱丽丝里比较便宜的，很窄，放进一张婴儿床后更是连走路的地方都快没有了。窗帘因为夕阳总晒着颜色浅了不少，壁纸也净是破洞。就在准备把毛巾公司刚送来的毛巾和浴巾放进浴室的时候，我突然想起来翻译家也曾住过这间 202 号房。尽管那天晚上他半夜就离开了。

翻译家是不是也是那样对那个女的，就像对我一样？他来的时候明明两手空空，那条不可思议的绳子是怎么带进来的呢？女人被扔到了右边的床上，还是左边的床上？没准儿是狭窄的地板上吧。

女人的身体比我丰满些，绳子轻易地就能勒进肉里。现在这间屋子是给小婴儿喂奶的，但在当时一定充满了汗水和香水混合后的气味。女人演技高超，发出了挑逗情欲的呻吟声。我可以准确地回想起他的嘴唇、舌尖以及手指的动作。

翻译家爱抚的不光是我一个，并不是只有我一个人享有这特殊的待遇。

我刚刚意识到这点，开始嫉妒起那个女人来。

把浴巾挂在衣架上关好浴室门，把掉在地上的纸屑扔进垃圾桶，我坐在床角，从兜里拿出了今天收到的信。我迫切地想要读他的信。

　　……你走上了贝壳台阶，用这个杯子喝了茶，照过洗脸池的镜子，想起这一件件，我不由得心跳加速。早上剃须时，我不知不觉停下了手，用满是泡沫的手爱恋地抚摸镜子。

　　不知情的人若是看到，肯定会心生诧异吧，甚至有人会感到厌恶。但是，内心贫瘠者难见奇迹。在剃须时，有谁会如我一般感受到奇迹的喜悦呢？

　　被餐厅拒于门外时，我绝望地认为自己不只错过了最高级的午餐，还失去了你，所以才会那般乱了阵脚。

　　最初与你相遇时，那个女人在场。初次与你共进午餐时，那个女人又出现了。

但是你拯救了我，用一种我迄今从未感受过的温暖力量保护了我。

从表面上看，我的生活一如平常。早晨七点起床，上午三小时、下午两小时用于翻译，工作完成后绕岛散步一周，午睡，准备晚饭，夜里十一点就寝。从来不会有访客，不论是邮差还是收费的，甚至推销员都没有。没有人会到访。

现在，生活还是一成不变，但每一个瞬间都因为遇到你而充满愉悦。虽然，我也因这愉悦背后如影随形的不安而受尽折磨。

如果你被汽车撞倒死去，没能留下一丝音容笑貌就离开了这个世界的话，我该如何是好？或者那只是我的一个梦，无论在花朵时钟前，还是在爱丽丝里，实际上都不存在一个名叫玛丽的少女吧？……诸如此类的不安，无时无刻不在折磨着我。

对你的感情愈强烈，不安就愈膨胀。我被无凭无据的想象包围着，愈是苦于这种不安，愈是沉浸在爱你的喜悦中无法自拔。

请你存在于我的世界里吧。这么奇怪的要求，会

否惹你发笑呢？但是对我来说，现在最大的愿望就是，
你为我而存在，仅此而已……

"你干吗呢，在这儿？"

突然，大婶从门缝中探进头来。

"没，没干什么！"

我吓了一跳，立刻站起身，膝盖上的信封掉到了地上。

"随随便便进客人房间，干什么呢？"

"我忘了放毛巾。"

我捡起信封，想把信纸塞进去，但是越着急越放不
进去。

"没这么简单吧！放个毛巾，怎么愁云满面地呆坐在床
上啊。那封信，到底是怎么回事啊？"

大婶皮笑肉不笑地把手伸向信纸。

"不要这样！"

我想把信塞进口袋，但是大婶抓住我的手腕，猛地把
信夺了过去，也不管会不会撕破。

"我不是说了不要这样吗？"

"你越是不让看，越说明心里有鬼。别那么小气嘛，让
我看看。啊，行不行？"

我们在狭窄的房间里打成一团。纸尿布滚落在地，奶瓶也倒了。大婶脸上带着挑衅的嘲笑，把信高高举起，逃到了房间的角落里去。

"嗯……玛丽小姐，您有没有感冒啊？……玛丽小姐，加上这一句问候，就能让我拥有无上的幸福……这不是情书吗？"

大婶喊道。

"看别人的信最可耻了。"

"自己藏起来偷懒不干活才最可耻呢。说吧，对方是谁啊？从笔迹来看，是个上了岁数的人吧。我来看看啊。咦？太逗了。落款还是个女人的名字呢，这就更可疑啦。这种小花招瞒得过谁呀。"

"你别太过分了！"

"哦，我知道了。跟不知道哪儿来的富婆互相写信那事儿，原来是假的呀。这内容怎么看都是男人写的呀。他到底是哪儿的？干什么的？快点从实招来。"

大婶好奇得直跳脚。

"和你没关系！"

"这么大的事儿，怎么能不告诉你妈妈呢？这可关系到你的家教问题，再说我也一直把你当成自己的女儿一样啊。

如果你妈妈知道了，肯定会闹得鸡飞狗跳。那个女人啊，一提到自己的女儿，就……"

"把长衬裙还我。"

我说道。

大婶脸上的兴奋瞬间消失了，沉默在两人之间扩散开来。

"80 号的长衬裙，对你来说太大了。"

大婶瞪着我，一动不动地站着。

"我不明白你在说什么，你这孩子真爱说笑。"

她的声音微微颤抖着。

"你要装傻装到什么时候？"

我继续说下去。

"还有圆规、手绢、纽扣、丝袜、衬裙、镶珠小盒，全都还给我。"

其实忘得差不多了，但这些东西还是一个个脱口而出。她不说话，频频舔着嘴唇。

"如果我把这些事报告给妈妈，让她解雇你实在太容易了呢。如果我告诉镇上的人，你是因为爱偷东西的臭毛病而被解雇的话，就没有人愿意再用你了。就连你的裁缝店都没人光顾了哦。"

"哼！"

大婶把信揉成一团往地上一扔，转身出了屋子。

我把信捡起来，像往常一样拿到后院烧掉了。

"你经常做那种事情吗？"

我一边在实验桌上来回滚着橡皮（好像是谁落下的），一边问。

"嗯？"

男人反问道。

"和一个不认识的陌生人，在一起，睡一个晚上那样的事……"

我慎重地选择用词。男人紧闭双唇，目光落到这块磨掉不少的橡皮上。我担心自己是不是惹他不快了，偷偷窥视他的神色。幸好他没有不高兴，好像只是在苦心甄选最合适的词语来回答我。

"并不是经常。"

长久的沉默之后，他回答。

"你要让我告诉你几个月里有几次，那很难。真的，这种事情只是偶尔才发生。"

放了暑假后的学校里看不见半个人影，空荡荡的。自行车车棚上的天空一点点变成了暗红色，理科教室里照进长长的一抹斜阳。连成一排的十张桌子、黑板、药品柜的玻璃门还有他的侧脸，全都覆盖上一层同样颜色的光芒。

"你和那个女的是怎么认识的？"

"她站在路边拉客，所以我就叫了她。"

"你怎么知道她是出来卖的女人？又没挂着牌子。"

"当然知道，能感觉出来。她们一刻不停地在搜寻男人，就是为了这才站在那儿的。"

男人抬起脸，艰难地开口。

溜进理科教室实在是易如反掌。正门对面的便门虽然上着锁，锁却是坏的，和我上学时没两样。从那儿穿过泳池后面，经过射箭场和网球场，再登上音乐教室旁边的安全通道上到二楼，走到尽头就是理科教室。一路上我们没听见任何动静，也没遇到什么人。

在那个小房子里和男人密会之后，我们本来要在 F 岛码头分手的，结果舍不得分开，又一起坐上了游船。就这样离别，实在太痛苦，谁都无法先松开互相紧握着的手。说好一起等到下班开船，漫无目的地开始在镇上乱逛，最后就走到学校来了。

"有时候，我会感到某种无以复加的恐惧。"

男人再次张口。

"当我完成一个翻译后，就会坐船到邮局把它寄出去。比如说，有本产品说明书上介绍了一种用鲟鱼脂肪制造的健康食品，说每天吃十粒就能增进血液循环，促进肝脏排毒。于是，也不管是真是假，我就把俄文翻译成薄薄的一张纸，带着它来到邮局，买张邮票，贴在信封上，扔进邮筒。'咚'，邮筒里传来一声轻响，某种恐怖就会突然袭来，好像心脏病发作一样。"

"咚?"

我模仿男人的口吻。他把桌子上的酒精灯拿了过来，酒精灯刚好嵌进他手掌的曲线里。灯芯的湿度恰到好处，玻璃很透明。

"我并不是因为独自生活而感到寂寞。寂寞这种心情早在多年前就已经蒸发得一干二净了。不是寂寞，而是一种错觉，好像自己悄无声息地被吸进空气的裂缝里去。非常狂暴的力量，反抗也是徒劳。一旦进去，就再也无法回头。我自己也很清楚这些。"

"你是说，死亡吗?"

"不，不是。死亡会造访每个人。我说的是更特别的事情，好像只有我受到了惩罚，被拽进那个看不见的缝隙里去。连死亡也得不到允许，只能永远徘徊在世界的边缘。而且，谁都不会发现我已经不见，更不能为我悲伤哭泣。或许委托我翻译鲟鱼产品说明书的贸易公司，才会寻找我，为了支付翻译费。但是他们很快就会放弃的，毕竟翻译费就那么一丁点儿。"

男人冲着酒精灯玻璃上的自己，喃喃自语。他的手一动，脸就和酒精一起摇晃起来。

"为了逃避那种恐惧，我去找妓女。只有沉溺在赤裸裸的肉体和欲望之中，我才能确认自己还存在。完事之后，第二天早上再乘最早一班的游船回来。扔掉翻译鲟鱼时记的笔记和产品说明书的原稿，还有吸墨纸。到了这时候，我清醒地知道自己的这次发病已经过去了。"

我点点头。虽然我并不十分理解他的话，但也不想随便插嘴破坏教室里的寂静氛围。男人长吁一口气，好像自己的病就在刚才远去了一般。

海浪静了下来，吹过来的海风也停了。每棵树的叶子、旗杆上的红旗、足球网，一切的一切都寂静无声。

我们走进了理科教室内部的准备室。那里排列着好几排高高的柜子，昏暗闷热，杂乱无章地塞满各种东西。烧瓶、烧杯、研钵、石棉、天平和砝码、元素周期表、幻灯机、人骨模型、试管、显微镜、昆虫标本、培养皿……我们在狭窄的甬道上走着，飘进鼻子里的药品气味令我想起了男人手中的绳子。

"你是不是瞧不起我了？"

他问道。

"没有。"我回答，"从小我就知道金钱可以买来女人，因为爱丽丝里每晚都有这种客人来住。"

有一个天牛标本的大头针掉了，跌在盒子下面。它的后腿断了，触角也是弯曲的，微小的瞳孔直勾勾地盯着前方。

"你对花钱买来的女人做的事，和对我做的一样吗？"

"不可能一样的。"

男人摇晃了好几下脑袋。

"玛丽……"

我喜欢他低呼我名字的瞬间。我的名字从他嘴里说出来，带着甘美的回音。

"把你和其他任何人做比较都是毫无意义的，你是独一无二的。从小小的一枚指甲到每一根发丝，全部都是。"

我不知道该如何回答，只想听他不断重复呼唤我的名字。已经不需要其他任何有意义的话语了。我把柜子抽屉拉开又关上，背后响起吸液管碰撞的声音。

今天，我被绑在了床上。床头的铁栏杆正好可以用来绑我的手脚。

男人用裁缝剪刀剪开我的长衬裙。刀刃锐利无比，散发着黝黑的光。"咔嚓、咔嚓"，他空剪了好几下，也许是在找感觉，也许是在享受那脆响。

剪刀在我张开的大腿上向前移动。刀刃稍稍碰到衬裙，衬裙就毫无抵抗地裂开了。刀刃抵着我的小肚子，冰冷的电流瞬间走遍全身，令我发狂。如果男人的指尖稍稍用力，它就会刺进我毫无遮拦的小腹，皮肤外翻，脂肪暴露，滴落的鲜血还会把地毯弄脏。

我的脑海里全是痛苦和恐怖的预感，没准儿他的妻子就是这么死的。

预感越真实，快感就来得越快。我十分清楚接下来自己会变成什么样子。

我的身体渐渐湿润了。

男人缓缓剪断两条肩带。明知道无济于事，我还是不断地扭动胳膊和腿，试图挣脱绳索。床栏发出吱吱呀呀的声音，这声音使他愈加兴奋。

长衬裙变成一块薄薄的布片，滑落到地上。我又失去了一件长衬裙。

"最后一班游船快出发了。"

远处传来汽笛声，男人仿佛听到了最不愿意听的声响似的，叹了口气。

我们拥抱在一起。每次分别的时候都会这样依依惜别，没有其他方法来排解寂寞。怎样才能填平两个人之间的沟壑，只有身体最明了。我们的脸颊互相厮磨，眼睑感受着对方的气息。

因为里面没穿衬裙，我的上衣直接贴在了汗涔涔的后背上。手腕上绳子勒过的痕迹还有些发红。

"我们为什么非要回到不同的地方去呢……"

"我也不知道……"

男人摇了好几下头。

六

　　想出一个翘班的理由变得越来越难，也不能总是搬出那个"独自生活的老富婆"。妈妈刚听说她很有钱还挺高兴，但逐渐领悟到别人富不富和自己一点关系也没有的时候，这位富婆就变成了一个烦人的老太婆。

　　"和一个上岁数的人往来有什么用啊？她是不是应该送你点礼物什么的啊？不过是为了打发时间，才把你招之即来挥之即去的。托她的福，我们这儿最挣钱的时候都没人看摊儿。那种老太太，还是算了吧。"

　　妈妈不停地唠叨着。

　　本来我就没有什么固定的休息日，因为爱丽丝一年到头都不关门歇业。一个人照顾前台的时候，我即便只是到附近买个冰激凌也会被妈妈骂。

"就为了这么个冰激凌，没准儿得赔上一整晚的房费哦!"

这就是妈妈的理论。她抢过我手里正在吃的冰激凌，"啪嗒"一声扔进了洗手池里。

我出门得看妈妈的脸色，在适当的时机巧妙地提出要求。最重要的是不能破坏她的日程安排。即便她只是约了舞伴们一起去酒吧喝酒，也绝对是排在第一位的。

好在以前我也没有什么事必须出门不可，最多就是去看足球比赛、还录像带、买例假用品这类小事。但是现在不同了，我必须要去赴约会，无论什么瞎话都得说。

"我牙疼。"

我挑了个大婶在的午饭时间，因为觉得她在场，事情可能会顺利些。

"我能去看牙医吗?"

"哪个牙啊?"

"右边最里面的。"

"忍耐一下。"

"实在忍不了。"

"嚼嚼鱼腥草就好。"

"你这土方根本不管用。牙齿一跳一跳地疼，下巴都快裂开了。"

"你又不是不知道，明天有嘉年华巡回表演队要来，带小孩儿的客人都把咱们这约满了。怎么偏偏在这时候牙疼啊？"

妈妈又开始没完没了地发牢骚。我用左边的牙轻轻地咬碎了黄瓜三明治。

大婶不发一言地把两块三明治一起塞进嘴里，喝口啤酒把它们咽了下去。关于看牙医的事，她一句也没插嘴，眼睛一直盯着桌子上掉落的面包屑看，逃避我的目光。

"给您添麻烦了，真对不起。"

我对大婶说道。

"嗯……"

大婶的回答透着不高兴。

"啊，对了！上次大婶拿着一个好可爱的小盒，镶珠的。能不能给我看看？"

我想确认我们两人之间达成的秘密协议。

大婶把剩下的啤酒一饮而尽，将空罐头扔进了垃圾箱。空罐头落下时，发出了刺耳的噪声。

"今天没带。"

"是吗？真遗憾。"

我把最后一块三明治掰开，夹出里面的奶酪片吃了。大姊吸着烟，妈妈打了个嗝。

厨房里不通风，闷热无比。电风扇放在冰箱上，哗啦啦地转着，但回旋的还是热气。客人们全上海边去了，不在屋子里。没有一丝人气的爱丽丝里，只有中庭回响着烦人的蝉鸣。太阳光很强烈，照在竖琴少年的后背，少年看起来比平时少了几分精神。

那天夜里，前台发生了一段小插曲。我被喝醉酒回来的客人揩了一把油。

"真对不住，手滑了一下。"

客人笑得色眯眯。

说实话，在一刹那间，我并没意识到自己遭受了什么。那个客人来拿钥匙，他的手笔直地伸了过来，抓住我的半边胸部。过了好几秒，我才意识到这个动作的含意。胸部上留下了令人作呕的触感。

我把钥匙扔了过去，尖叫起来，还拍打了好几下自己的胸部，仿佛那个人的手指还粘在上面一般。男人见了笑得更厉害了。

"小姐，用不着这么厌恶吧。我又没有什么恶意，不过是看错了啊，看错了。"

男人摇摇晃晃地把胳膊肘支在前台上，用布满血丝的双眼窥视着我。一股酒气直冲鼻子而来，我又发出了长长的尖叫。

妈妈急忙从里面跑出来，其他住客也都打开门伸出头来看。就和上次的喧闹一模一样，那个翻译家入住 202 号房的晚上。

"到底怎么了？"

"吵什么呢？"

"把我都吵醒了！"

大家七嘴八舌，随意地发出怨言。那天晚上，我也听过同样的台词。

尖叫不知何时变成了哭声。我蹲在柜台下面黑暗的小角落里，不停地哭。

当然，我自己也知道这不是什么天塌下来的事，不过是一个醉鬼在犯贱而已。就算把事情闹大，也没有什么意义。

"哼！这小姑娘真不识趣，太扫兴了。"

那个人恼羞成怒。

"不好意思啊，她还是个孩子呢，估计是吓着了吧。我会说她的，请您不要生气。好了好了，大家也回去好好休息吧！打扰各位了，实在是对不起。"

妈妈装腔作势地向客人们说好话，平息事态。

"你要哭到什么时候啊？不就是被摸了一下胸嘛，又不是被强奸了。摸一下不疼也不痒的，和落了只苍蝇一样啊。明天我去吓唬吓唬他，跟他弄点小费来。"

柜台下面积满了灰尘，还躺着一只死蟑螂。我每眨一次眼，就有眼泪滴落，渐渐地连自己都不明白到底为什么伤心了。那个醉鬼和其他客人大概都回屋了，大堂里又恢复了平静。只有妈妈还在对我唠叨个没完。

肯定是因为想见翻译家了才哭的，我心想。我想见到他，想要感受那温暖的肌肤。我想见到他，想看到他羞涩的微笑，那微笑只有在见到我的瞬间才会浮现在他那固执而孤独的脸上。我渴望他，渴望在他岛上的家里任他摆布，陶醉于只属于我们俩的秘密仪式里。

尽管明天，我所有的这些愿望就能实现了，但现在安慰不了我。我现在就想见他，正是这一思念让我哀痛不已。

大婶背叛了我。第二天早上到点了，她也迟迟没有来爱丽丝。

"好像是吃太多，吃坏了肚子。刚才打电话来请假了。"

"我还得看牙医呢，怎么办啊？"

我提心吊胆地问道。

"看牙医明后天不是都行吗？总之，今天玛丽要是不在的话，我可顾不过来。全都住满了呀！怎么她偏偏赶最忙的时候拉肚子啊，真是的！"

明后天可不行。今天下午两点，我必须去花朵时钟前赴约，否则就全完了。我很想这样大声喊叫，可也只能乖乖地听从妈妈的安排。

"别磨蹭了，收拾完餐厅，帮我整理客房的床铺去。"

妈妈的命令总让我陷入忧愁，将我击垮，令我悲惨不堪。

我洗了早上客人们用过的碗，扔掉了带着牙印的火腿片，洗干净沾着黏稠酸奶的小勺，倒掉了变温的咖啡。

有一对男女很晚才下来吃早餐。大胸女穿着背心和短裤，年轻男戴着太阳镜。我慌忙洗掉手上的洗洁精泡沫给他们准备早餐。他们点的浓咖啡和柠檬茶，我说只有美式咖啡，女人嘟起嘴，男人"哼"了一声。我把刚放进冰箱的柠檬拿了出来，切开。

没有蓝莓酱吗？奶酪都硬了，面包再去热一下；小刀脏了……他们的牢骚接二连三。

锅碗瓢盆在洗手池里堆成了山，女人喝过的杯子上沾着玫瑰色的口红，用海绵怎么擦也擦不掉。

退房的客人在前台聚集起来。"玛丽、玛丽、玛丽"，妈妈不知在何处连唤了三次我的名字。早晨的清爽空气早就消失得无影无踪，强烈的太阳直射中庭，客人不耐烦地按着前台的呼叫铃。

我把沾着口红的玻璃杯扔到洗碗桶的边上，随着一声脆响，杯子碎了。

大婶一定在装病，她猜到我今天要和通信的男人见面，想给我们捣乱。我在妈妈面前提到了那个镶珠的小盒，她是不是因此怀恨在心呢？可能是以此告诫我，也可能是和偷东西一样，只是单纯地以给我添堵为乐。

我没有办法取消约定。翻译家的家里没有电话，无论如何得在两点之前离开爱丽丝。为了满足他的期望，无论做什么我都愿意。

等退房告一段落后，我趁妈妈不注意，给大婶打了一个电话。

"您的肚子怎么样了？"

"谢谢你这么关心我。"

可能是确信自己的战术已经大获全胜，大婶得意地说道。

"是不是啤酒喝多了呀？"

"没准儿吧，天这么热。"

"妈妈发牢骚了。"

"她那个人对任何事都会发牢骚的。"

"您为什么装病啊？"

"装病？"

仿佛有什么特别可笑似的，她咯咯咯地笑了起来。

"别瞎说了，我干吗说谎不去干活啊？会被扣掉工钱呢。"

"别装傻了！"

妈妈手里吸尘器的声音停了。我把听筒靠近嘴边，用手掌捂上。

"我知道你的企图。你想把我钉在这儿，不让我去看牙医，对不对？"

"你这孩子就爱说傻话，看牙医怎么了？玛丽你去不去看牙医，和我没关系啊。牙医就是牙医嘛，就是牙——

医——"

听筒那边传来冰块碰撞和咕噜噜喝水的声音。和往常一样，大婶又在那里大吃大喝，而且毫不掩饰。

"你怎么知道我是装病呢？我是真的肚子疼，疼得受不了啊，实在是没法打扫什么客房了。而且，我得到你母亲的允许了哦。"

听声音，大婶像是一边咀嚼东西一边跟我说话，含混不清的。

"一点半之前来爱丽丝！"

我一字一句地说道。

"我可去不了。"

"听好了，一点半。这是最后时限。"

"和我没关系哦。"

"你如果不来的话，我就都告诉妈妈，以前也警告过你的。那样的话，岂止是一天，一辈子的工资你都拿不到了。"

吸尘器的声音又响起，这下轮到听筒那边陷入沉默了。

告诉就告诉呗，随便你。我特别怕她豁出去说出这样的话来，大婶手里也捏着我的短儿呢。她只要威胁我，说要把我和男人密会的事情告诉妈妈就够了。虽然她还不知道那个男人就是被镇上人排挤的变态。

没关系，没关系，我安慰自己。信都已经烧掉了，没有证据留下来，但是大婶的所作所为可是犯了法的。只要把她手包里的东西都倒出来，找到那个镶珠小盒，或者脱掉她的衣服，只剩那件衬裙就行。

"如果一点半之前不来的话，你可自己想清楚后果。"

我冲着沉默的电话那头说道，这样应该能给她致命一击了。

那天真是忙得四脚朝天，连吃午饭的工夫都没有。每间房的地毯上都是沙子，清扫起来很费时间。妈妈心情烦躁，不停地大声骂我。房间还没打扫完，新的客人就到了。保健所、苗木租赁公司、旅行代理店、舞蹈教室老师、取消预约的客人、问路的客人……各种各样的人打来了电话。而且三层的厕所全都堵了，旅馆里臭气熏天，我马上找人来修理，但是修了半天也不见好。进不了房间的客人全都围着前台，冲我发牢骚，仿佛要把房间的臭味、令人晕头转向的热浪以及在礁石上弄伤脚的事全都归罪于我似的。

原因终于查明了，原来是一条女性内裤堵在 301 号房的下水道里。入住那间房的是今天早上最后下来吃早餐的情侣。内裤的形状猥琐下流，真是什么人穿什么。它吸饱了污水，皱巴巴地堵在马桶深处。

快到一点半了。翻译家已经从岛上出发了吧？他是不是穿着浆好的衬衫，系紧领带，如往常一样穿着那件闷热无比的西服登上了游船呢？我不停地看表，嘴上向客人道歉，心里一直想着翻译家。

大婶一直也没有来。每次一听到后门的动静，我就会偷偷看一眼中庭，但只是野猫在捣乱。

"啊，肚子都饿了。整个人轻飘飘的，你给我做点吃的去。"

妈妈说。我进到里面，加热了罐装的咖喱。就这么会儿工夫还来了客人，我走到前台接待客人再回来，咖喱饭已经凉了。

钟表的指针眼看就要转过一点半了！大婶还是没有出现，难道她铁定心要教训我了？我现在马上跑着去，也赶不上约定的时间了，还有什么资格在这里吃咖喱饭？我感到无地自容，把盘子里剩下的冰冷咖喱一股脑儿全塞进嘴里咽了下去。

"桌布怎么还这么脏啊？不快点洗净晾上的话，明天早上可干不透啊。"

虽然肚子喂饱了，妈妈的烦躁却一点也没减轻。她用力关上门，走上楼梯去视察三层的情况了。

我把桌布浸在漂白剂里，褪去黄油、果酱、橘汁等等的污渍，浆洗后放在甩干机里甩干，最后把它们晾在豹脚蚊纷飞的狭窄内庭里。上面的晾衣竿晾四块，下面的晾衣竿晾三块，把边缘折进去二十厘米，不能歪，再用两个夹子夹住。三十厘米或十厘米都不行，三个夹子或一个夹子都不行，妈妈就是这么要求的。

我为什么不能把洗桌布之类的先放一放，飞奔到翻译家身边去呢？为什么在妈妈面前，我就如此胆小如鼠呢？不知道。不管是见不到他，还是被妈妈知晓，这两个结果我都承受不了。

周围的空气越来越稀薄，我觉得自己快无法呼吸了。

大婶你快来吧，你来了一切就能顺遂了！

看表已然成为一种痛苦，时钟毫不留情地走过两点、三点。秒针每前进一格，我对大婶的恨就增加了一分。

桌布恢复了洁净，翻译家的身影浮现在上面。明晃晃宽阔的广场上，他正站在手风琴少年的面前，琴箱里的硬币闪闪发光。少年弹奏的寂寞小调，飘不到那些享受假期的人们耳中。只有翻译家，把身心都寄托在乐声里。他偶尔看看手表。稍稍侧过头，在耀眼的阳光下眯缝起眼睛，仔细看着海岸大道上有没有我跑过来的身影。大道上人来人往，唯独少了我。他来回看着手表和花朵时钟，怀疑自己的表坏了。

他开始胡思乱想，是自己弄错了日子吗？是信没有寄到吗？是她突然得了急病吗？而后，又倾听起手风琴来。

我已经失掉了看表的勇气，两手使劲拍打桌布，抚平褶皱。翻译家一定已经放弃回了岛上。请千万不要以为我讨厌你了，我一边祈祷，一边蹲在了晾衣竿下。

从昨天开始净是让人悲伤的事。我每次想起他的身影，悲凉比欢喜更多地占据心头。

不知道自己发了多久的呆，厨房传来妈妈的声音，还有盆碗碰撞的声音、椅子移动发出哐当哐当的声音、走路声、低低的笑声。是大婶！大婶来了！

我用挂在面前的桌布擦了擦脸，朝厨房跑去。

"身体怎么样了啊？"

"半天没吃东西，好多了。"

"也不用这么勉强自己啊。"

"我想还是过来看看吧。"

"不过你来得正好，今天真是忙得团团转。"

大婶一边和妈妈说话，一边系围裙。我从后门探进脑袋偷偷看了一眼，她狠狠地瞪着我，像是在说"我可遵守约定了"，又像是在威胁"你敢告状试试"。

"妈妈，我把桌布洗好了。让大婶和我换一下，我去看牙医行不行？实在忍不了了。"

一口气说完，我收回和大婶对视的目光，飞奔出门。

七

"瞧我这打扮……你别笑啊。"

我把快掉了的凉鞋扣按上，拍了拍落满灰尘的裙子。

"挺好的啊。"

翻译家温柔地说。

"反正，我是一直跑来的。"

喘息怎么也平复不了，话都没法好好说。我的上衣被汗浸湿了，裙子正面因为洗东西湿了也还没干，腿上还留着红红的蚊子包。

"我觉得你这样子比平时还可爱。"

也许是想帮我平静下来，翻译家把手绕上我的肩膀。

啊，就是这样，我想。我发自内心所渴望的，就是他的这个动作。

广场上的喧闹一成不变。太阳已经开始西斜，花朵时钟的一半已经笼罩在阴影里，通向崖壁的石阶即将被海浪吞噬。

"我迟到了三个小时，真对不起。你一直在等我？"

"没事的。"

"实在没法脱身，真想马上飞过来。我都快疯了。"

"你是不是费了很大劲才出来的？"

"我说去看牙医。所以，我可以待满牙医治疗一次虫牙那么多的时间。"

"那，咱们就去排长队看牙医吧。"

翻译家的表情非常平静，一点也看不出来在烈日下站了好几个小时。他的脸没晒黑，领带结也没有松开。

在岛屿以外的地方，翻译家是不会苛责我的，会平和地接受一切。但是在摆满俄文书籍的那个房间里，他绝对不会原谅我。

走上距离海岸大道稍远的一条路上后，海浪声突然变小了，两侧排列着古董店、饭馆、比爱丽丝小却漂亮得多的民宿、照相馆等。饭馆正在入口处准备挂出晚餐的菜谱，刚从海里上来的游客们晒得通红，吹着海风悠闲地走着。

在建筑物的缝隙之间，不时能瞥见大海，细长的海面直通天际。走过摩托艇修理厂之后，热闹的音乐声逐渐传过来。红色的指示招牌排列在人行道上，街树全都被万国旗和小灯泡装饰一新，有五六个小孩从我们身边跑了过去。

"我们到巡回嘉年华了。"

那块煞风景的仓库空地现在变成了游乐场，有旋转木马、转杯、小火车、镜子迷宫以及几个夜摊。一切都被涂上了鲜艳的颜色，有的和着曲调在空中盘旋，有的闪烁耀眼光芒吸引着客人。无论是大海的气息，还是夕阳的余晖，都到不了这里。

我们手牵着手进去了。

"欢迎光临！"

小丑撕了张门票递给我们。

正对着大门口是一座花式蛋糕形的圆舞台，有乐队正在上面演奏。一开始我以为那些都是内含机关的木偶，仔细一看原来是真人，吹长号的男人还冲我挤了一下眼睛。他们一边演奏一边在舞台上转着圈行进。

乐队没完没了地演奏着曲子。虽然听上去热闹又令人兴奋，曲子却全是小音阶，宛如一只疯孔雀在起舞般不可思议。

"小时候爸爸总是带我来这儿。"

"每次都这么多人吗?"

"是啊,大家翘首企盼的一天,就像过节似的。"

我们必须把头靠近,才能听见对方的声音。

每个游乐项目前面都是长龙,美食的香气笼罩着这片区域,翻译家看每个项目都像在看一片奇妙的风景。我把爱丽丝里的混乱全忘在了脑后,汗没了,裙子也干透了。

"喂,咱们也坐一个玩玩吧。"

"我在这儿等就好,你去挑自己喜欢的玩吧。"

"这可不行,得两个人一起玩,要不多没意思啊。你看,这里可没有一个人是落单的。"

我们坐上了小象丹佛的飞机。它的身体是漂亮的淡蓝色,长鼻子向上翘着,两只耳朵大大的。我踩着耳朵钻进窄小的座位里,屈起膝盖,缩着肩膀,将将巴巴将自己埋了进去。

翻译家坐在里面显得异常憋屈,时不时地拽拽这儿抻抻那儿的,也不知是不是担心西服会皱了。这时响铃了,钢丝吱吱呀呀响着把飞机拉向了空中。他吓了一跳,"哇"地发出一声惊呼。

"这才刚开始哦。"我笑着说,"你没坐过这个?"

"是的。"

"为什么?真不敢相信,你居然没来游乐场玩过。"

"没有原因,就是没缘分而已……而且,我有点恐高。"

飞机突然开始转圈,我欢呼起来,身体差点被甩出去,赶快握紧扶手。风翻起我的裙摆,翻译家额头上残存的几根头发都竖了起来。

天空还没有完全陷入黑暗,但夕阳已经从地平线开始慢慢地被吸进暮色之中,崖壁正上方升起了一轮白月。

从高处眺望,大海很小。F岛安静地躺着,仿佛已经沉入了梦乡。游乐场里各处闪烁的灯光汇聚为一团光亮,在这团光亮中,乐队还在演奏永不完结的曲子。

"你没事吧,好玩不?"

翻译家没有回答,闭着眼睛点了点头。

坐在飞机上,能看见悬崖和游船。爱丽丝那一带全是建筑物,看不出哪个是我家的旅馆。一切的一切都在和我们一起旋转。

下飞机之后,他还是摇摇晃晃的。

"不舒服吗?"

"没事。"

他把吹乱的头发拢好，我们又牵着手在游乐场里闲逛起来。

太阳下山之后，人变得越来越多。孩子们手里举着气球和棉花糖，兴奋地发出尖厉的喊声。街头的卖艺者拽断缠绕胸部的锁链，又从口中喷出火焰。小婴儿看到这情景吓得大哭。情侣们不顾他人的目光，拥抱接吻。风吹过，爆米花和门票副券就从地面上飞舞起来。某处放起了焰火，和主人走散的小狗到处乱跑，照相机的闪光灯一直闪烁。

翻译家的手非常柔软，几乎将我的手严严实实地包裹起来。对我来说，这双手功能很多：摸头发、沏红茶、脱衣服、绑绳子，每个动作都能让他成为另一种生物。

现在这只包裹着我的手的手，是否曾经杀害了他的妻子呢？偶尔我会这样想，但丝毫不觉得恐惧。虽然不知道他到底是勒的脖子、刺的剪刀，还是下的毒，但我可以想象出在那一瞬间，他手指的动作曾是何等优美。从每一个关节的神态到青黑色的血管，我都能想象出来。

我们靠在旋转木马的栅栏边，吃着甜筒冰激凌。他盯着冰激凌看了一会儿，那是由巧克力和香草口味缠绕成的巧克力。

"不快点吃，可就化了啊。"

"这形状可真有意思。"

"不就一个甜筒吗？有什么可稀罕的。"

"因为我很少吃。"

"用嘴咬一口就行。你瞧，就像这样。"

我张开嘴啃了一大口，也不顾会弄到脸上。他生怕把蛋筒捏碎似的，用左手轻轻地握住，向前探出脑袋，笨拙地舔了舔冰激凌的尖儿。融化了的冰激凌滴落在裤子上，他急忙拿出手帕去擦。

吃冰激凌可比把我扒光、用绳子绑紧要简单多了……我这么想着，帮他擦了擦裤子。

"我每次来这里都会和爸爸一起吃个冰激凌。玩一个喜欢的游乐项目，吃一种喜欢的食物，这是事先说好的。出门时妈妈一定会再三嘱咐：'就一个哦，听见没？知道了没？不能骗我哦。'"

"为什么?"

"因为太浪费钱了，对，就因为这个。但是爸爸每次都偷偷地让我再玩一个游戏，玩哪个呢，一边想一边在游乐场里到处走。那是我最快乐的时光。买苹果糖葫芦，还是打枪呢，或者去鬼屋？好像魔法师对我说，我可以满足你的一个愿望——就那样的心情。爸爸一直耐心地站在犹豫不决的我旁边等着，直到决定为止。"

木马接二连三地经过我们身后，小象丹佛还在天上转着圈。太阳完全西沉了，天空被染成藏青色，各种灯饰明晃晃的，遮蔽了星光。有一个气球随风飘去，消失在了海的那一边。

"你很喜欢你父亲啊。"

"但是，他死了。"

我一边掸掉沾在上衣的蛋筒碎屑，一边说道。

"在我八岁那年，爸爸三十一岁，大家都哭着说他是英年早逝。"

"这样啊……"

他的目光落到裤子的污渍上。

"爸爸因为喝醉酒和别人吵架，被打破了头。由于没有目击者，所以我们都不清楚是怎么回事。反正被发现的时候，他浑身是血，倒在了电影院的后门口。据说鼻子、耳朵等等，脸上所有的窟窿都冒出血来。还有人说他脑袋破了，脑浆流了一地。大家都随意发挥想象，明明谁都没见过他死时的样子。"

翻译家一直绞尽脑汁，琢磨着怎样才能不弄脏手把剩下的一点冰激凌都塞进嘴里。他使劲噘起嘴，又是咬蛋筒，又是伸长舌头舔。

"其实没大家说的那么悲惨。爸爸的脸确实肿了，好多瘀青，但是用湿毛巾把脏东西擦干净以后，眼睛还是亮晶晶的，睫毛笔直，白眼球也不混浊，瞳孔清澈得可以看到最里面。就仿佛他马上会冲着我说：'唉？玛丽。吓着你了，是我不好。'"

铃声响起，木马停下来，人们恋恋不舍地从出口走了出来。与此同时，早已等不及的孩子们蜂拥而入，只为争夺高大漂亮的木马。铃声再次响起，音乐开始播放，那些木马又一齐奔跑了起来。同样的动作，不断重复。没有什么能打断这种重复，大家仿佛迷失在时间的旋涡中一般。

"妈妈拼命寻找犯人，为了获得赔偿金。但是没用，哪儿都找不到殴打爸爸的人。"

我摇了摇头。

"尸体，你见过吗？"

我问，翻译家正在用手帕擦着嘴，"啊"了一声。

"尸体，人的。"

"那应该叫遗体吧。"

"不是，我说的不是那些得了病，到了寿命，慢慢死去的人。而是死亡之刃突然从天而降，连跑都来不及就被扎到了要害的人。他们会气恼，想为什么不是旁边的家伙，也不是后面的家伙，偏偏是自己呢。但是无济于事，已经无法挽回了。我说的是像这样死去的尸体。"

翻译家把手帕放在膝盖上，翻过来认认真真地叠好。其间还舔了好几次嘴唇，仿佛怕还有奶油或者蛋筒碎屑沾在嘴巴周围。

"见过几次。"

"什么样的?"

"空袭死的，卧轨自杀的，还有交通事故死的，差不多这些吧。"

他回答得不太情愿，好像很奇怪为何会聊到这个话题。他用力按了按太阳穴，想找到解开奇怪对话的头绪。

"再说详细点吧。"

"为什么?"

"我就是想听。"

在这些尸体里，应该还包括翻译家的妻子吧，我想。

"这么说来，十多年前，我看到过从游船上掉进海里死掉的小孩。"

"行，就讲这个吧。"

我歪在他身上，脑袋枕着他的肩头。为了让我的脑袋搁得更舒适，他稍稍歪着头，用手臂支撑住我的后背。栅栏直晃动。我抬眼一瞧，看见他脸上残留的胡须、刮脸的痕迹以及那棱角分明的下颌线条。

"那个小男孩四岁左右，非常可爱。皮肤很白，头发还有自然卷。他乖乖地和妈妈坐在甲板的长椅上，可是不知怎么的——他可能想去看看海鸥是怎么捕鱼的，或者觉得冲浪特别好玩——哧溜一下跑到船尾，从护栏中间探出了身子。瞬间就掉进了海里。并不是他妈妈走神了，就在刚才他还在每个人的视线中。但是，仿佛被海怪掳走了一般，他化作一条优美的抛物线，溅起一朵美丽的水花，掉下去了。"

翻译家的声音顺着肩胛骨传了过来。

"然后呢？"

我的声音吹着他的脖子。

"准确地说，我并没有看见尸体。我只看见那个男孩在海浪间挣扎起伏，然后逐渐下沉。他看起来并不太痛苦，可以说一脸惊讶，仿佛在努力回想自己是怎么跑到这种地方来的。他妈妈呼喊他的名字，看热闹的人们围了过来，乘务员抛出了救生圈，但是这些丝毫没有帮助。终于，一个大浪打下来，他被几个白色浪花包围，最后就那样沉了底。"

"尸体找到了吗?"

"没有。"

他摇了摇头。通过连接的肩膀,我的脸颊能感受到他身体的每个细微动作。通过骨头传来的声音异常清晰,宛如从伸手不见五指的海底涌上来的一般。

"是吗,真的吗……"

有人没拿住苏打水,洒了一地,卖气球的小丑被吓得坐了一个屁股蹲儿。这引起一阵笑声,但笑声马上就淹没在了乐队的音乐声中。太阳已经看不到踪影,偶尔吹来惬意的风,摇晃着万国旗、满树的绿叶还有小摊上的灯影。

我在心里描绘着小男孩在黑暗的海底腐烂成泥的画面:肉被泡涨,任鱼撕咬,头发连着头皮从头盖骨上被扯下,嘴唇、眼睑、耳朵、鼻子一个个消失,最后眼球滚落了下来,聚集而来的鱼儿们掀起水波,他的手指跟着轻轻晃动起来。

不久之后,鱼儿们把所有的肉都吃干净,海底又恢复了平静。在太阳照射不到的海底,只有他的白骨发出幽暗的光。没有了眼球的两个黑洞,一直看着去 F 岛的我和翻译家。

"周围明明这么多人，我却感觉在这世上只有你和我似的。"

"我们永远都是我们，其他什么都不需要。"

翻译家捋了捋头发，虽然被汗打湿了，不过发型还是挺漂亮。他的另一只手捏着裤子的污渍，不断揉搓。这么做只会让污渍扩散，根本是徒劳，但是他的手指一刻也不停。一身齐整的衣装中只有这一处难看，确实让人无法忍受，我不由得担心那块布是不是会被搓破。他抚摸头发的那只手极尽温柔，另一只手则是怒气冲冲。

卖艺者吐出更大的一团火，驮着小孩的驴缓慢地从我们面前走过。刚才还惨白的弯月，不知何时闪耀起橘黄色的光芒。

八

这个夏天酷热难当，是我经历过的最热的。

白天我只出去了一小会儿，阳光就照透全身，令人头晕目眩。光线太强烈，沙滩和大海看着都有些发黄了。海滨浴场里有几个人中暑晕倒，在爱丽丝里都能听见救护车的警笛声。

从早到晚，爱丽丝的某个房间里准有人在哗哗冲凉。中庭里的绿植萎靡不振，停在榉树上的知了叫个没完，令人心烦。喷水的雕像上都出现了裂纹。

早上一睁开眼，同样颜色的太阳又升到了同样的位置。收音机反复播放着气象异常的新闻。客人们一边吃着早餐，一边腻烦地谈论有关暑热的话题，即便如此他们还是去了海边。酸奶忘记放进冰箱，才过了一晚上就坏掉了。妈妈和大婶以天热为借口，一天到晚拿着啤酒喝，喝完就红着脸干活儿。到了黄昏，气温还是没降，也没下一滴雨，风吹在身上都是黏糊糊的。

仿佛夏天会持续一辈子似的，感觉不到任何季节的变化。

这天，男人命令我为他穿袜子。

"只能用嘴！"

不是很理解他的意思，我不知所措，提心吊胆地看着房间，擦了擦额头上的汗。

"不要用手！"

急忙把两手背到身后，从未觉得自己的手是这么碍事的东西。

我害怕极了，不是怕被他施虐，而是怕不能实现他的期望。会不会就此沦为一无是处的废人？只因一个命令没能遵从，信上那些情话会不会就此消失不见？我的心头涌上无数恐怖的想象。

"因为你没有手！"

男人用脚踹我的后背，我摇摇晃晃地趴在了地板上。

这个动作虽然发生在一瞬间，却停留在我的余光里，一直没有消失。他轻轻抬起右腿，画出完美的弧线，正中我的脊背中央，快速又流畅。只要身处 F 岛，他能自由掌控的不光是我，还包括他自己的身体。

"想擦汗就用舌头舔！"

他用手指戳着我毫无遮拦下垂的乳房。

我穿的所有衣服都被揉成一团扔在了办公桌底下，桌上一如往常地排列着翻译工具，玛丽依出场的小说、词典以及笔记本。但我不知道他的翻译工作推进得是否顺利。页数似乎少了一些，又似乎无论什么时候看，笔记本上都是那几行文字。

男人脱衣服的功夫实在了得：粗暴又不失温柔，明明让我羞辱不堪，却显得非常优雅，宛如调香师揪掉玫瑰花瓣，又好像宝石商撬开贝壳寻找珍珠一般，他将我脱得一丝不挂。

我使劲伸长舌头舔了舔脸上的汗，只觉得嗓子眼里的舌筋都快呕出来了。即便如此也还有够不到的地方，我把脸在地毯上蹭来蹭去，感到针扎一般的刺痛。刚刚被踢到的后背也疼得要命。

"就这样。"

从下往上看去，男人显得高大了不少，无论肩膀还是胸板都突然变得伟岸起来。只是脖子上垂下的皱纹已然无所遁形，他每次发出声音，那些皱纹也跟着一齐晃动。

"来吧，穿袜子。快点！"

我趴在地上爬进了卧室，爬到衣柜跟前，站起来刚想打开柜门，结果又被他踢倒在地。

"我说了多少遍，不要用手！"

我羞得无地自容。他那样百般叮嘱，我怎么还会犯这种低级错误？对呀，我根本没有手，从生下来就没有那东西。

用嘴咬住衣柜的把手，感到口中有一股奇妙的味道，粗糙又坚硬。可是门怎么拉也拉不开。

男人抱着胳膊，一直在背后看着我。我能感受到他的目光正盯着我的屁股，正仔仔细细地观察那个部位。无论是肌肤的颜色、凹处的阴影、黑痣的位置，还是微妙的曲线，他都比我自己要清楚得多。

终于听到合页发出吱呀吱呀的响声，柜门打开了。卫生球的气味弥漫开来，柜子里空荡荡的，只挂了三套西服、一件大衣和四条领带。衣物之间距离均等，没有一丝褶皱，保持着完美的形状，其中一套西服还罩着洗衣店的塑料薄膜。我立刻明白，它就是在巡回嘉年华沾上冰激凌的那套。

没有袜子，除了无边的黑暗以外，别无他物。

衣柜里有很多小抽屉，我把抽屉一个个拉开，把手全被唾液沾湿了。仅仅被剥夺了双手，我的身体俨然弱小了许多，失去了平衡，悲惨无助，不堪入目。

抽屉里面有领带夹、翻领衬衫和手帕，每一件物品都深深浸染了卫生球的气味。独独没有袜子。我着急了，拱开手帕，翻看衬衫下面——这一系列的动作都是用下巴完成的。

虽然很害怕把摆放得分毫不错、井然有序的抽屉翻乱了，但是找不到他需要的东西更让我痛苦难耐。我知道，他绝不会出手相助，也不会放我一马。

窗外洒满了夏日的阳光，窗帘无力地垂着。也许是因为暑热，一半草坪都变成了褐色，露台清晰地成了阴阳两部分。听不见人语蝉鸣，连涛声也寂静了下来。

我终于翻到了最下面一个最小的抽屉，趴在地上，伸长脖子，费了九牛二虎之力把它拉开了。里面有怀表、手表、装饰扣、眼镜盒等等。我看见最里面有个奇怪的东西，一条女式丝巾。

丝巾是淡粉色的，上面有花纹图案。它静静地躺在抽屉深处一个不起眼的角落里，在大衣柜中格格不入。并不是因为是女人用的东西，是别的什么牵动了我的神经。

我把它拉了出来，马上就知晓了原因。丝巾被黑色污渍浸染，边缘都已经绽开了。这是血迹，我想。

"不是那个！"

男人喊道。我吓了一跳，刚抬起头，他就从我的嘴里把丝巾拽走了。速度那么快，磨得我的嘴唇火辣辣地疼。

"你怎么老是不听话，我不是说让你找袜子吗？"

男人跪在地上，扇了我好几个巴掌。清脆的啪啪声，在寂静中回响。我感觉温热的液体扩散到整个舌头，又从嘴角涌了出来。原来血是这么柔软温润的东西啊，长这么大头一次知道。

"净干些没用的事……真是，你就是个弱智！蠢猪！没用的母狗！"

他的声音变得沙哑，发起抖来，失去了控制。他的轮廓即将破碎，就和在餐厅被拒绝的时候一样。他冒出了汗，膝盖、嘴唇、指尖都在颤抖，太阳穴上青筋暴起。形成他之所以为他的线条扭曲断裂，从缝隙之间喷出了难以遏制的怒火。

"对不起！我不知道你这么珍视这个东西，只是想凑近了看看是什么。对不起！我再也不这样了。求求你，原谅我吧。"

"不听我命令的人，就得受这样的惩罚。明白了吗？"

男人朝着我的侧腹就是一脚，把我踢翻在地，用丝巾缠住了我的脖子。

"我得让你尝尝，让你好好尝尝这滋味！"

我被勒住了脖子，丝巾深深地嵌进了喉咙，筋骨和肌肉间响起诡异的声音。我无法呼吸了，即便想祈求宽恕，也出不来声。我抓住他的手腕，乱踢双腿，想把丝巾松开一些，但无济于事。

虽然看不见男人的脸，但是脖子后面的手指关节、喘息声以及喷吐到我头发上的气息，都明明白白告诉我他非常生气。我忍了很久，他一直没有松手。

"是你不好，为什么和我对着干？为什么不听我的话？"

如同念咒一般，他不断重复着这句话。

充斥卧室的寂静越来越浓厚，窗外的大海延伸到遥远的天边。我听不到他的声音了，眼睛深处传来刺痛，逐渐发热。痛苦的感觉聚集到热源处，明明正被勒着脖子，我却陷入了眼球正被捏碎的错觉中。

我可爱的两个眼球包裹在那条过时的破丝巾里。男人留意着不让它们掉落，给丝巾打了好几个结。做完这些之后，他把丝巾握在手心里，慢慢握紧。于是，黏膜裂开，水晶体破碎，里面的东西咕嘟咕嘟全冒了出来。他细心地尽情体会这份触感，以及我的体温。网膜、虹彩还是水晶体呢？反正一直坚持到最后的组织也溃烂了，随着一阵细碎的声音，眼珠终于失掉了原来的形状。然后，丝巾上增添了新的污渍。

跟在声音之后消失的是色彩。周围越来越暗，宛如海底一般。不知何时我的痛苦全都消失了。清冷的黑暗包裹了我的身体，非常舒服。真想一直这样待下去。

这里滚落着那个小男孩的眼球。我明明已经没有眼睛了，却看得清清楚楚。

会不会死掉呢？直到这时候我才意识到，男人的妻子一定也是这样被他杀掉的。

"好，很好。"

男人用双手捧住我的脸蛋，仿佛是在褒奖我。

"一开始就这么乖，不就不用遭罪了嘛。"

原来丝巾旁边的抽屉里就是袜子。袜子已经起了毛，脚后跟磨得很薄，袜口也松了，飘散着一股蘑菇风干后的味道。

我还是第一次看见男人光着的脚。不只是脚，衣服遮掩住的任何部位我都不曾见过。一想到自己的嘴唇正在触碰这些部位，我不由得心跳加速。

"你这张嘴挺能干啊。"

男人坐在床边，跷着二郎腿。我跪在他身前，用嘴叼着袜子从脚指头一点点往里套。这真是个苦差事，脚的形状很复杂，袜子总是不听嘴的摆布。

他的怒气已经消了。契机是什么，我也没有注意到。只是回过神来时，发觉丝巾已经解开，从脖子上滑落下去了。男人的肩膀一起一伏喘着粗气，倒在了床上，显得比我还筋疲力尽。他的头发被汗湿透，贴在脸上，从缝隙间可以窥见涨红的脸。

我想多呼吸点空气，急得咳嗽起来，赶紧弯下腰，自己摩挲着喉咙。为了确认眼球是否还在，眨了好几下眼睛。

勒得太紧，丝巾上的花纹都歪了。也不知道之前是不是生拉硬拽过的，丝巾的边缘开裂，线头都露了出来。星星点点的污渍弄脏了每一朵花，已然看不出它本来的模样。

只有从我嘴角滴下的血迹，给它点缀上鲜红的色彩。

"来，另一只也这么穿上。"

男人说完换了一只脚。不知何时，他已经把乱糟糟的头发抚平，挡住了头皮。

脚十分干净，趾甲修剪得又短又整齐，还微微带点香皂的味道。只是十分衰老：皮肤干燥苍白，脚后跟开裂，由于长年穿皮鞋两个小脚趾都变形了，脚背上浮现出青黑色的血管，脚踝上的皮肤很粗糙。脚趾上的毛碰到脸上很痒，我趁他不注意悄悄舔了一下脸，感觉自己像是在亲吻他的脚。

我的嘴唇湿润富有弹性，能温柔地包裹他脚上任何的衰老部位。嘴里流出的血，染过一部分暗沉的皮肤，使得对比愈加分明。

他穿着西服坐在床边，我一丝不挂地两手着地趴在地上，碰到的只有我的唇和他的脚，然而我却感觉我们正紧紧地拥抱在一起似的。

我吻遍了他的脚。正如他夸奖的那样，我的嘴唇确实既听话又利索。

……近来，无论哪班游船都是满员。运气差的话，座位不消说，连靠在甲板的护栏上都成了奢望。每个人都裸露着皮肤，聊得热火朝天。我坐在台阶旁边的单人椅上，尽量不引人注目。这里远离窗户，看不见大海，所以鲜有人占。偶尔有素质低的人会把旅行包等物品搁在上面，我也不管，把东西扔到地上照旧去坐那椅子。

大家都注意着尽量不看我，好像我这种人压根儿不存在一样。

对此，我求之不得。在被陌生人包围的船舱里想你，是我至爱的时刻。周围有这么多人，但是谁都不知道你为我的脚做过什么，也无人知晓你左边的乳房稍大一些，还有一害怕就摸耳垂的小动作以及大腿根上有个酒窝一般的凹处。你快要窒息求我放开你时，那发青的脸色和表情是多么美啊。只有我，抚遍了你的全身。在游船中，我仔细品味这些秘密，沉浸在喜悦之中。

这暑热会持续到何时呢？我搬到岛上以后还从未有过如此炎热的夏天。有些厌烦了，想念起冬天。夏天结束后，游客们都回去了，在失掉了活力的寒冷小镇中，我和你并肩散步，该有多么美好啊。

美中不足的是，到了冬天，最后一班船出发的时间会提前一个小时。这是我唯一烦恼的事情。怎么现在就开始担心了？你一定会笑话吧。

每年一到夏天，工作就会骤然减少，已经好几天都没有像样的翻译活儿了。本来翻译俄文就不怎么赚钱。因为不懂俄文而伤脑筋的人，世界上并不太多。

两三年前，我还开过俄文教室，从积蓄里拿出钱在报纸上登了广告："教授俄文。口语、翻译。欢迎入门者。"

一个学生都没来，一个都没有。从登出广告的第二天开始，我一直在等。一有游船抵达，我就站在玄关外，侧耳倾听是否有脚步声从入海口那边传来。但是没有，没有一个人踩着我的贝壳台阶上来。真是白花了那些登广告的钱。

我终于明白等待的真正含意，是在认识你以后。在花朵时钟前，等着约定时间到来的那段时间里，我感到无以言表的幸福。明明你还没有出现在视野里，却依然满心欢喜。

我注视着那些从海岸大道拐角转过来的人们，一旦看到气质和你有些相似的少女出现就会颤抖。但是我马上发现那不是你，于是赶紧移开视线。一直重复，决不放弃。为了看到独一无二的你，我愿意犯几千遍、几万遍这样的错误，甚至无法区分到底是想早一刻见到你，还是希望一直这样等待下去了。

巡回嘉年华的那天，在等你的三小时二十分钟里，我一直品味着等待的喜悦。现在，我还会在梦里看到背朝西斜的太阳、满身大汗飞跑过来的你的样子。

当想你想得无法自拔的时候，我就会向小说里的玛丽依求助。把小说里的每一行文字都翻译在本子上，一行一行，一页一页，如此我的心才会稍稍安静下来。

玛丽依和马术教练的恋爱遭到了父母的反对，她被软禁在湖畔的别墅里，和一个律师结了婚。马术教练被征了兵，不得不离开她的身边。有一天，玛丽依怀孕了。律师知道以后，将她脱光泡在冰冷的湖水里，还给她灌进从黑市上买来的堕胎药。

这一幕非常精彩。在湖畔的树林里，玛丽依的衣服被脱掉，塑身衣、吊袜带还有文胸都挂在白桦树的树枝上，仿佛开出了一朵朵白色的花。玛丽依拼命挣扎，律师拽着头发把她扔进了湖里。一头金发在水面上散开来，透明的肌肤渐渐被浸染成湖水的绿色。不会游泳的玛丽依不住地扑腾，大口地喝着水。就在她张开嘴呼吸时律师倒进了药粉，为了吸气，她把药也一并吞了进去……

我可以在心中仔细地描画玛丽依痛苦挣扎的模样，从水草缠住脚腕，到回响在白桦林里的哀号。然后，她的形象渐渐地被你——玛丽替代了。

下周二，你来家里吃午餐吧，我下厨。我常年独自生活，在做饭上还是很有自信的。一定会让你惊讶的，现在我就已经迫不及待了！

十一点还是十二点都可以，随时欢迎，我在家恭候。请一定想办法离开爱丽丝，拜托了！

请注意身体，不要受到暑热侵扰。

下次再会，玛丽小姐。

九

　　那确实是一次不寻常的午餐。

　　一进门，我就注意到气氛与以往截然不同，连原本飘荡在这个家里的空气都有了些许变化。谈不上不愉快，但让人觉得再也回不到从前了。

　　在厨房的煤气炉上，火锅已经煮好。桌上铺着蓝条纹的桌布，摆满了盘子和碗，玻璃花瓶里插着两朵扶桑花。收音机放在放饮料的小推车上，正在播放一首古典乐曲，只是不知道曲名是什么。

　　他从哪儿弄来的这些花啊？这一带明明没有任何可以慰藉人的饰物。还有那音乐，除了花朵时钟前的手风琴演奏以外，从未有任何一种音乐在我们之间奏响过。

不过最让我惊奇的是，屋子里不止翻译家一个人。

"你来得正好，挺热吧？来，快请进。顺利找到逃出爱丽丝的借口了？你一会儿慢慢讲给我听。现在我去准备冷饮。"

翻译家心情绝佳，话也变多了。他脱掉上衣，只穿了一件敞领长袖衬衫，松开了领带，解开了袖扣，还把袖子挽了上去。

"这是我的外甥，他要在这儿休假一周。"

被称为外甥的青年从沙发上站起身，害羞地垂着眼帘，微微鞠了个躬。

"你好。"

我疑惑不解地问候。外甥也不说话，又坐了下去，舒适地靠在沙发靠垫上，跷起了二郎腿。他身材瘦高，烫卷的头发挡住了耳朵，身上穿着一条修身的黑裤子和一件纯白的 T 恤衫。

和简单的服装不协调的是，他的脖子上挂着一个形状怪异的吊坠，非常显眼。样式前卫，看着又像是护身符或辟邪挂件之类的。

沉默在我们之间蔓延开来。外甥既没说"请多关照"，也没说"嗨"。收音机里的钢琴独奏开始了，锅盖咔嗒咔嗒一直响着。

"啊，对了，忘了告诉你。这个孩子，得过一场病，之后就不会说话了。"

"不会说话？"

"是的，不过只是说不出话而已，不用放在心上。啊，锅里好像煮开了，我去看看菜。马上就好，你在这里再稍等一会儿。"

翻译家去了厨房后，我开始坐立不安起来。在不会说话的人面前怎么做才好呢？实在是不知道。

而且，翻译家的沙发上坐着翻译家以外的人这一点，对我来说就已经难以理解了。外甥优雅地弯曲着修长的双腿，将肌肉紧致的腰深深陷进沙发里。而就在这个沙发上，我做出过那么羞耻的姿势。这，他知道吗？我愈加混乱。

外甥轻轻伸出手掌，邀请我坐下。他不看我这边，有时候目光即将相遇，马上把视线转移到不相干的地方，比如桌子上的伤痕、靠垫的线头、自己的手指。然后就长久地低头盯着那地方看，好像那才是他本来就想看的似的。

我径直走到外甥对面坐了下来，翻译家正在厨房里叮叮当当地忙着做饭。收音机里流淌出阵阵琴声，后来变成了管弦乐。

"是肖邦。"

外甥说。不，没有说，因为他不会说话。但我觉得自己听见了他说的话。

"是第一钢琴协奏曲，你知道这首曲子吗?"

"不知道。"

我回答。

外甥挂在脖子上的镀银小扁盒，烟盒模样，里面装着一个小本子。他撕下一张纸，拿出配套的小笔，垫在小盒上写起字来。这一连串的动作实在流畅至极，就好似我们确实在正常对话一样。

"你不觉得它很棒吗?"

"嗯，是啊，我也这么觉得。"

其实我脑子里光想着这不可思议的对话，肖邦什么的一点也没听进去，只是顺着外甥的意思点了点头而已。

外甥打开小盒时细微的指甲声，纸张洁白的颜色，走笔的架势，递过字条时的随意，所有的一切都起到了和说话声音相同的作用。

他收起笔，盖上了盒盖。我轻声咳嗽了一下，用拖鞋尖在地毯上胡乱地画着。沉默又来侵袭，感觉海浪声比任何时候都要近。

外甥突然站起来，走进厨房，在小推车前弯下腰，转着收音机的旋钮。怎么看收音机的年头都很久了：应该还挺结实，声音却不清楚，天线也生锈了，一个旋钮上的塑料膜脱落了。多亏了他灵巧的手，声音比刚才确实好听了一些。

看样子，外甥来过很多次。他丝毫没有被笼罩着这个家的异常规整吓住，无论是开门还是摆弄收音机，都像是习惯多年了似的，非常自然。

对，不只是花，还有收音机。翻译家居然偷偷藏着这种东西，我怎么一直没发现呢。藏在哪儿的？衣柜里面是没有的，我曾经把脸伸进衣柜的各个角落仔细翻找过，再清楚不过了。那么，是放在办公桌的抽屉里面吗？不然橱柜里面？为什么外甥一来，就突然插上花打开了收音机？为什么不为我，却为外甥这么做？一个又一个疑问，伴着海浪声向我袭来。

"好了！肚子饿了吧，快到厨房这边来！"

翻译家没有注意到我的满腔疑问。

"来，让她坐在那边的椅子上。"

我第一次听到翻译家对外甥讲话。这是完全异于以往的命令，不同于"闭嘴，婊子"，也不同于"全用嘴"。

外甥听从指示，把餐桌正中央的椅子拉了出来，用眼神示意我坐下。我把他刚才递给我的三张纸揉成一团塞进了口袋。

"你每年都来这儿吗？"

"不是，也不是都来。"

翻译家回答。我问外甥的问题，他全都代替回答了。

"这次隔了三年吧。虽然是暑假，但这孩子忙得很。一会儿是研讨班的旅行，一会儿又要给教授帮忙，还得准备论文什么的。"

"在大学，学的什么？"

"建筑学，主要研究哥特式建筑。他从小就喜欢楼房，经常用积木盖房子玩，还都是些出乎大人意料、不拘一格的房子。后来，慢慢地开始收集中世纪教堂的明信片，攒了不少呢。那些明信片上面只有教堂。对建筑这么感兴趣的孩子，全世界也不多吧。一般都是车子啊，棒球啊，漫画什么的。这孩子挺有个性的。"

翻译家用纸巾擦了擦嘴，用勺子把盘子里的菜拌了一下。

"你大学毕业以后准备干什么?"

"留在研究室里继续学习。"

外甥刚把手伸向吊坠，就被他制止了。

"不用写，你好好吃饭就行，一写字两只手都占上了。像这样，我们就可以随意地边吃边聊啊。"

翻译家这样说，接下去一直是他一个人在说。

说实话，当看见桌子上的饭菜时，我怎么也没想到它们都是可以入口的食物，甚至怀疑是它们和扶桑花、肖邦一样是特殊的装饰品。

没有一道菜是固体，全像婴儿吃的离乳食一般黏糊糊，正好用勺子舀起来放进嘴里。理所当然地，每人只发了一把小勺，没有一把餐刀或叉子。实际上也确实用不到刀叉。

每道菜都有着漂亮的颜色。色拉碗里是深绿色，能吃出菠菜和黄油的味道，但吃得我舌头发涩。汤盘里是红色，应该是西红柿，但由于调味料放得太多，汤有一种说不出的复杂味道。最大的装饰盘里是令人眩晕的黄色，宛如倒进了广告画的颜料，我迟迟不敢品尝——勺子一插进去就产生了漩涡，冒出热气来。这是用什么东西怎样调制出的啊? 完全无法想象。气味闻着很像被雨打湿的落叶，又很像海里打捞上来的海藻。

"哥特式建筑，到底是什么样的啊？"

我试着问了一个翻译家回答不上来的问题。

"待会儿让他给你看看明信片就知道了，还有旅途中画的哥特式建筑素描。这孩子画画也很有天赋。来这边休假的主要目的，就是为了悠闲自在地画画。"

翻译家还是插了嘴。

即便如此，外甥的脸上也丝毫不现不悦之色，老老实实地喝着汤。面对这些菜，他没有一点迟疑，很正常地吃着。明明我们的话题对象是他，他却不点头也不微笑，只有吊坠偶尔碰到桌子上响起"当啷"一声。

桌子上摆的东西里，能一眼看穿的只有杯子里的水。我要求再来一杯水，翻译家拿过小推车里的水壶为我倒了一杯。协奏曲中断了一会儿，但很快又开始，好像是进入了新的乐章。

"合你口味吗？"

"嗯。"我含糊其词地点了点头，然后诚实地答道，"真是……少见的料理啊。"

"昨天我去市场买菜，从晚上就开始准备，好久没这么忙活了。因为这种日子真的很少。"翻译家自豪地说。

"每次都吃这种料理吗？我是说，煮成这样，烂到看不出来原材料的东西?"

"对,和外甥在一起时……"

他们用只有他们两人才懂的眼神对视了一下。

对于我和翻译家之间插进第三者以及翻译家和别人说话、对视什么的,我总也习惯不了,难受得就像坐了颠簸的游览车一样。比起难以下咽的料理,坐在我们之间的外甥更令我痛苦。

我坐在游览车的一角,屏气凝神。外甥坐在对面,沉浸在沉默里。只有我们中间的翻译家很欣喜,他高兴得手舞足蹈,游览车晃得越发厉害了。

"我们有时候也去饭店吃,但是这孩子净点汤啊,煨炖菜之类的。所以我就使出浑身解数亲自下厨做给他吃。他来之前会先写信,而我要干的第一件事就是从橱柜里拿出榨汁机。"

"为什么?"

"因为他没有舌头。"

翻译家晃了晃杯子里的冰块。外甥把空盘子推到一边,把另一盘还没有吃的菜拉到跟前。我为了更好地理解翻译家的意思,数起了勺子上滴下来的黄色汤汁。

"小的时候舌头上长了恶性肿瘤,所以不得不切除了。"

"还有这种事？"

"是的，很遗憾，就是这么回事。"

关于舌头的对话就此告一段落。

趁他们不注意，我偷偷观察起外甥的嘴。外表没有一点异常，嘴唇长得匀称完整，勺子里的汤汁都安静地流进了他的喉咙里。

我有舌头吗？我竟无来由地担心起自己来，轻轻地用牙齿咬了咬。

翻译家唠唠叨叨地说个没完，话题几乎全都围绕着外甥。他夸耀外甥的优秀，描绘外甥的未来，从婴儿时期到最近发生的事情，事无巨细地一一讲给我听：外甥刚出生的时候，因脐带绕住脖子陷入假死状态；外甥出演过奶粉广告；外甥在百货店里走丢了；外甥因为救了一只溺在河里的小猫而上了报纸……宛如小蜘蛛一个接一个从卵里孵化出来，外甥的事迹源源不断地从他的嘴里涌了出来。每个故事又产生无数分支，交织着他自己的回忆、对政治的看法还有说别人的坏话。

只有死去的妻子，那个被丝巾勒死的妻子，他从没提到过。只有妻子被他摘除，掉进了沉默的深处。

我几乎一句也没有听进去，一心想着怎样才能表现得津津有味。外甥依旧我行我素，不禁让人怀疑是不是他的鼓膜也一并被摘去了。

翻译家并没有在对我们讲话，只是冲着面前的空气不停地吐着小蜘蛛。估计在所有的小蜘蛛孵化出来之前，他是不会停止的。

好不容易吃了差不多一半，我放下勺子。不想让翻译家失望，但实在恶心，裙子贴在了汗津津的大腿上。

唉，他的轮廓又崩裂破碎了，我想。脑浆、内脏、骨骼、脂肪，所有的所有都变得疯狂起来。我估计连外甥也不知道让他恢复原状的方法。

等我回过神来，翻译家的嘴巴已经闭上。一不留神，原来最后一只小蜘蛛已经孵化出来了。他稍稍抬起盘子的一边，费劲地想把所剩不多的棕色肉糊捞上来。勺子碰到了盘子底，收音机里的协奏曲完了，接下来是经久不息的掌声。

"你们长得不太像啊。"

我觉得把这个作为话题，也许能引出有关他妻子的事。

但是翻译家什么也没说，他刚才还以各种插嘴回答我所有的问题，现在只关注怎么才能把面前的饭菜吃干净。

"因为我们没有血缘关系。"

终于，外甥回答了我。

即便是在堆满盘子的餐桌上，他也能飞快地写完字条。在翻译家没完没了的长篇大论之后，这个动作更显得寂静无声。

"姨父的妻子和我的妈妈是姐妹。"

字条无声地从桌布上面滑了过来。

"我听说他的妻子已经去世了。"

我一边和外甥说话，一边小心注意着翻译家的反应。

外甥撕下一张新纸条，灵巧地拿着那支看起来很难写的小笔，写了一段比刚才长得多的话。

"差不多该吃甜点了。"翻译家说，"桃味奶昔配香蕉慕斯，在冰箱里冰了好一会儿。吃之前得先稍微收拾一下餐桌，来，都来帮帮忙。"

外甥把写了一半的字条塞回小盒里，听话地开始收拾。

仿佛一开始就分好工了，他们俩配合得十分默契。只靠一个眼神或手势，就能互相会意。我已经没有了登场的必要。

扶桑花娇嫩水灵，泛着光。天气还是一样很热，偶尔有穿堂风经过，每次都吹得"玛丽依的书"哗啦作响。收音机里又开始演奏新的篇章，我依然不知道是什么曲子。

　　桃味奶昔和香蕉慕斯已经摆上桌了。他刚才想要写什么？他为什么和杀了自己大姨的翻译家关系这么好？我脑子里全是问号。慕斯入口即化，黏稠地滑过了嗓子眼。

十

在梦里，我被翻译家反复地勒住了脖子。他手里拿的就是那条丝巾，我清楚地记得丝巾的毛边和污渍。

痛苦到了无法忍受的程度，感觉再持续一会儿，我就会沉入海底。就在这时，外甥不知道从哪儿突然出现了。

"因为我们没有血缘关系。"

他从吊坠小盒里拿出纸条，唰唰地写着字。翻译家马上放开了我，拧着收音机的旋钮找起肖邦来。然后他把丝巾系在外甥的脖颈上，还别说，外甥系上这条女士丝巾还很合适，和吊坠相得益彰……

——就是这么一个梦。

　　很久以前我也曾经这样感到窒息过，大概是小学一、二年级的时候，当时爸爸还活着。

　　小的时候，妈妈训诫我不要随便进入客房："客房里有女鬼，以前在爱丽丝里殉情死的。她不碰花钱住宿的客人，专抓不老实的小孩，用长长的指甲把小孩的肚子划开，吃里面的东西。"她就是这么吓我的，虽然我根本不懂"殉情"的意思。

　　我谨记妈妈的话，只有一次没有。具体的原因已经忘了，只记得那天早上怎么也不想去上学，于是躲进了301号房。我的计划是假装自己已经去上学，实则躲在客房里挨到放学时间，然后像没事儿人似的出来就行。

　　我尽量不发出任何声响，拿出藏在书包里的巧克力吃，躺在地板上看漫画书，一天过得十分惬意——吃巧克力时还特别注意了不往地板上掉渣。偶尔听到妈妈他们的说话声，吓得一激灵，但是这种危机感反而让我更加兴奋。

　　只有一件事是我没有想到的，刚过中午，301号房的客人就来办入住手续了。爷爷教过我怎么看放在前台的预约表，所以我知道那天301号房应该是空着的。301号房确实是没有预约的，可是就在距离放学时间只有三十分钟时，临时有客人来了。

我急忙躲进大衣柜，胳膊肘狠狠地撞上了化妆台，为了不叫出声使劲捂着嘴。那是一对情侣，年轻女人和中年男人。衣柜有些变形，明明我已经把门关上了，却漏着很大一个门缝。

他们也不放行李，也不看房间，一进门就开始吵架。基本上都是女的在训斥男的，"你真不要脸""敷衍我""打肿脸充胖子"等等，各种各样骂人的话。男人一直低着头，偶尔不满地啧啧几声，或是用拳头打床。

我突然发现自己忘记拿鞋了。鞋子就在床边规规矩矩地摆着，只有鞋尖冲里藏在床单下面。被他们发现了可怎么办？在这种地方发现了小孩的鞋，他们肯定会觉得奇怪然后报告给妈妈的。

我感到胸口疼，心跳加快，冷汗直流。本来应该担心他们会不会打开柜门的，可那时候却觉得鞋子才是重点所在。

女人在鞋子旁边来回走了好几遍，再稍微偏一点就踩上了！我埋怨自己真是傻到家了，脑子里只想着书包却把鞋子忘到了脑后。说到底，把鞋脱掉就是个错误，地毯脏不脏一点都不重要。

"骗子！废物！窝囊废！咱俩已经完了！全都怪你。我早就发现了，你就是这种人，就是个一无是处的人……"
女人的咒骂愈加激烈起来。

不知道男人的怒气会何时爆发出来，我在一边提心吊
胆。搞不好这个女的会被男的杀掉吧。我想起了妈妈吓唬
我的话，眼前的女人肯定就是那个长指甲女鬼。

真的喘不上气了，我觉得衣柜里已经没有空气了。等
那个女人说完该说的话，就会把我从这里拽出去，用食指
的指甲在肚子上横着划一长道的！我禁不住想要哀号，随
后意识到一件最重要的事：只要他们一直待在屋子里，我
就逃不出去，也不能呼救，我需要在这昏暗的空间里一动
不动地待一个晚上。

我绝望地晕了过去，那是我第一次品尝到无法呼吸的
痛苦。在失去意识的瞬间，舒服极了，仿佛整个身体都被
大海吸了进去，就像被翻译家用丝巾勒住脖子时一样，完
全一样。

醒过来后，看见很多人围着我。爸爸抱着我，爷爷看
着我的脸，妈妈在对客人赔礼道歉。那对男女已经不吵
架了。

爸爸给我喝了一口他总是偷偷塞在后裤兜里的威士忌。
只有那一次，他的酒算是派上了用场。

我和翻译家还有他的外甥，三个人去海边游泳。原来翻译家还会游泳，原来他还有泳衣。我们在拥挤的海岸边找了一个角落，借来一把遮阳伞。

水平线附近升起了雾霭，暑热依旧没退，倒是海浪高了几分，一大群海鸟乘着风浮在半空中。远处隐约可见 F 岛，那耳朵一般的形状藏在雾霭里，看不清楚。

翻译家正往外甥身上抹椰子油。从脖颈到后背，从胸口到手指尖，他的手掌轻柔地移动着。椰子油很快渗入了外甥年轻的肌肤里，甜腻的香气溢满四周，灼得我胃疼。

外甥赤裸的胸前还挂着那条吊坠。翻译家每次移动手掌，它就一闪一闪的。穿着衣服时根本想象不出，原来外甥有着一身强健的肌肉，胸板宽厚，四肢优美。宽肩和腰围，锁骨和二头肌，古铜色皮肤和沙子，所有的一切都非常协调。只吃流食，居然能把身材保持得这么完美，着实令人匪夷所思。

翻译家的手一直侍奉着这个身体，尽心竭力，一心不贰，就像我的嘴对他的脚所做的那样。

"来吧，该玛丽了。"

翻译家说。

"不用了，我讨厌椰子油的味道。"

其实，我是介意他用刚刚碰过外甥的手来碰我。

他们俩下海去了，我在遮阳伞底下看包。

"帮我保管一下，行吗?"

外甥把吊坠从脖子上摘下来递给了我，像是这么说。

孩子们追逐着海浪，笑声飞扬。不知是谁不小心没拿住，一个游泳圈被冲到海中央去了。海浪一遍遍地涌过来，沙滩一会儿光滑无比，一会儿布满了脚印。

崖壁露出了一半真容。平滑的海面上，只有这一处被撕扯得参差不齐。几个胆大的孩子爬到最高处，一个接着一个跳了下去。我能看到溅起的白色水花，却听不到声音。海鸟们不停地从空中笔直地扎进大海去捕鱼，好像在学孩子们的动作似的。

抱着保温箱的少年穿梭于遮阳伞的缝隙之间，叫卖饮料。隔壁遮阳伞下的一家人正吃着冒尖的刨冰，刨冰上淋着甜浆，有着和翻译家做的料理同样扎眼的颜色。

即便是混在一大帮人中间，我也能轻易地找出他们，他们正并肩游向远方。外甥游着适合他体形的蛙泳，姿势十分优美，翻译家则是一种叫不上名字的奇妙泳姿。两人逐渐远离了岸边。

翻译家的泳裤已经过时，估计是暴晒过多都有些褪色了。他直着身子，只露出脑袋，一边胡乱扑腾着四肢一边向前游。因为溅起乱七八糟的水花，周围其他人都一脸厌恶地纷纷避开。和外甥之间的距离也越拉越远，他怕被外甥落下，更加拼命地扑腾起来。

我们两个人单独在一起的时候，光是看到他脱了袜子的脚，我都能心生震颤，现在看他穿着泳衣，却只觉得悲哀。并不是因为他黯淡的皮肤、瘦弱的肌肉以及下垂的脂肪，而是因为这些都不只属于我一个人。

如果我们两个如往常一般单独相处，如果没有什么大学生外甥，应该是我给翻译家的身体抹油吧。

"全用舌头！"

他会用掌控全局的语调命令的。是了，外甥没有舌头，所以无法完成他吩咐的任务。

椰子油含在嘴里的话，会是什么味道呢？只要不会甜得麻痹舌头就好，我想用舌头好好品尝品尝他的身体。

我将舔遍他布满黑斑的后背，将舌头伸进他腹部的褶皱之间，就连被汗湿透的腋下和沾上沙子的脚底都不放过。我会把油涂遍他的全身，无一遗漏。

侍奉的肉体越丑陋越好，这样才能使我感到自己到底是多么悲惨。当我被粗暴对待，变成一块肉体时，才能从心底涌出纯粹的快感。

我后悔来这里了。我唯一的愿望，始终没变的愿望，就是见见翻译家。但是因为外甥在这儿，愿望就像没能实现一般，令我沮丧万分。

外甥一直游到了挂着红色浮标的拦截网跟前，抓着网绳歇着。翻译家还在中间一带噼里啪啦地扑腾着。监视塔上的工作人员一直举着望远镜往他那边看，大概以为翻译家溺水了吧。

我试着打开外甥让我保管的吊坠。吊坠拿在手里比戴在他脖子上的时候看着大了一圈，可能是经常磕碰，镀银已经斑驳。但是这些瑕疵没能破坏它的完美协调，反倒传递出某种细腻的韵味。

没想到吊坠很轻易地开了。里面放满纸条。想来有这么多纸条，他就可以吐出无穷无尽的话语了。

"你一个人吗？"

有两个年轻男人向我搭话，我吓了一跳抬起头。两人长得非常相像，宛如双胞胎。

"咱们一块儿游泳去怎么样？"

我摇了摇头。

"我们带你坐帆船去，就停在悬崖对面的港口。"

"如果不想坐帆船的话，晚上一起跳舞去吧。你住哪个酒店？我们住海豚，就在游船码头对面，四层的建筑。你知道吗？"

终于，翻译家也游到了拦截网那里。他们两个人并排靠在护网上，随波起伏。

"喂，别总是板着脸嘛。"

"我不会说话。"

我突然撕下一张纸，飞快地写下这行文字，伸到他们的面前。两人对视了一眼，耸耸肩，什么话也没说就走了。短笔很好用，蓝色的墨水书写起来很顺滑。

一排大浪涌来，掀起一阵欢呼。贝壳，木片，还有一片破渔网漂了上来。有一只螃蟹正费劲地试图横穿浴巾。崖壁一点点地朝着海底沉了下去。

他们从海浪间朝我挥舞着手臂，我也想挥手回应，刚举了一半又放下，因为这没准儿是耀眼阳光带来的错觉。

"你也应该进海里玩玩，特别舒服。"

翻译家一边用毛巾擦拭身体，一边说道。

"嗯，待会儿就去。"

我回答。

"水比想象的要凉哦！游到那里再回来得有多少米啊？好久没游了，只有他来的时候，我才下海。"

翻译家的心情依旧很好。身上湿了后，他显得更老了。头发就像一根根海藻一样贴在脑袋上，泳裤松松垮垮的。估计他自己也知道，仔细地把水珠都擦掉了。

外甥先取走吊坠，挂在脖子上，看来这是他最宝贵的东西了。我不准备告诉他我用了一张纸。他呼哧呼哧喘着气，呼吸中有一股凉意和海潮的味道。

我们从卖饮料的小孩那里买了三瓶苏打水。太阳移动了位置，遮阳伞下的阴影也变了形状。外甥胡乱地撸了一把头发，也不管背后会不会沾上沙子，就躺倒在沙滩上。也许是因为没有舌头，他每次咽苏打水，我仿佛都能听到气泡在他喉咙里弹跳的声音。一开始我以为这是他无意识发出的杂音，其实不是，他的嗓子里根本没发出过任何声音。

"其他人会怎么看我们三个的关系呢？"

我说。

"应该是爸爸和孩子们吧。"

"没准儿是兄妹和贴身仆人。"

外甥躺着也能熟练地写字条。

"真是绝妙的想法。"

翻译家说。

"你们是从小失去双亲的兄妹,平时各自上寄宿学校,只有休假才能一起度过。到了夏天,你们来海边的别墅小住。我是你们的仆人,无论多么无理的要求都会去执行。为了你们,我甘愿丢尽颜面,对你们无条件地效忠。"

他看起来对自己的想象非常满意,一边点头,一边把苏打水一饮而尽。

"估计没有人会完全猜对我们的关系。"

我看到刚才向我搭讪的双胞胎又在勾搭别的女孩子。不知何时,遮阳伞的数量增多了,游泳的人一直绵延到悬崖边上。

"还是那样比较好。"

翻译家把空瓶埋进了沙子里。

"午饭怎么办?"

外甥给他递字条,我用余光瞄到了上面的字。

"这么快就饿了?"他摇了摇头,"不用担心,出来之前我都做好了。西兰花浓汤煮鲈鱼糊,是你的最爱吧?"

翻译家把外甥的沙滩拖鞋摆正,为他拂去肩头的沙子,把吊坠调整到胸口正中央,宛如一个真正的仆人。

"玛丽也一起来吧。"

他回头看我，露出一个微笑，仿佛在说"我当然不会把你忘了哦"。

"真对不起，我和妈妈说好了，中午之前要回爱丽丝的。"

我把喝了一半的苏打水递给翻译家，自己进了大海。解开头发仰脸漂浮在海浪上，头发马上在海面上散开了。

我想成为玛丽依，被人拽着头发沉入水中，被人灌进可怕的苦药。

十一

大婶又得手了，这次是泳衣。

从海边回来以后，我把泳衣挂在后院晾着的桌布旁边。因为乱七八糟的头发，我又被妈妈数落了半天。

"所以说别去海里游泳嘛。快点，把吹风机、梳子还有山茶花油拿来。等你干的活儿都堆成山了，别磨磨蹭蹭的！"

不一会儿工夫，妈妈就让我的头发恢复了原状。

傍晚我去后院里收衣服的时候，发现泳衣不见了，它消失得无影无踪。

这天，大婶干活特别起劲儿，还自主加了班。她给大厅的地板打了蜡，割了中庭的杂草，还擦净了厨房的玻璃，中间不时地问我一堆无聊的问题。

"你妈妈如果要再婚，你怎么办？"

"将来要是继承这个酒店，也得雇我哦。"

"你知道吗，你爸爸的初恋情人是我呢。"

"跟那个男的还顺利吗？"

我随意敷衍她，但是大婶依旧缠着我不放，可能是因为顺利偷到泳衣兴奋过头了吧。

临回家的时候，妈妈给了一罐啤酒，她高兴地装进了包里。在那个包里，当时应该塞着我那件潮湿的泳衣。

第二天，海边发生了异常现象：有大量的死鱼尸骸被冲到了岸上。

一大清早，整个镇子就格外喧闹。这条新闻也立马传到了爱丽丝——是送牛奶的大叔告诉的："出大事了！从中央广场前一直到那片海岸，全都是死鱼，连地面都看不见了。那叫一个恶心！官员、警察、游客还有围观的人，七嘴八舌地嚷嚷着'到底该怎么办啊''估计海水浴暂时是泡不成了''真是挺吓人的''没准儿要发生什么不好的事情哦'。"

我和大婶一起去海边瞧了瞧。刚走上海岸大道，就闻到一股腥臭味，和送牛奶的说的一样。不过一个晚上，沙滩已经面目全非了，仿佛从别处漂来了一片截然不同的海一样。

总之，沙滩上躺着数不清的死鱼。冲凉室、冰激凌摊、监视塔应该还在原地，但是除了鱼以外，什么也看不见了。没有海浪，大海是灰暗的，没有一顶遮阳伞开着。

太阳亮得刺眼，但是反射它的强光的不是浪花或船帆，而是鱼鳞。大的、小的、细长的、扁平的、有条纹的、张着嘴的、鱼鳃不见了的……各种各样的鱼，层层叠叠，密密麻麻，有的肚皮朝上，有的埋在沙子里。这些鱼都已经死了，死得透透的，连抽搐都没有。

"哇——"

大婶不禁叫了一声。

"喂，小玛丽。你快看哪！为什么会这样？"

人们聚集到防波堤上，面对眼前的异常现象，议论纷纷，各种拍照。电视台的人也来报道了。还有人下到沙滩上，捡起一条鱼观察。

"这样的话，客人们就都走了。这可怎么办？大事不好啊，你妈妈又该生气了。"

大婶嘴里说着大事不好，看着却挺高兴的，挽着我的胳膊身体贴得紧紧的。

昨天和翻译家还有他外甥一起喝苏打水的地方也被死鱼覆盖了。每次浪打上来，就带来新的死鱼。那确实是鱼的尸骸，看起来却像在大海深处正源源不断地诞生新型生物一般。

"昨晚还好好的呢。是不是谁恶作剧故意扔的啊？"

"怎么可能？肯定是气候异常导致的。"

"这么热，连鱼都受不了了。"

"不对，不是这样。是诅咒，是葬身大海的人的怨恨。"

人们信口乱说。每次有风吹过，就带来一股难以忍受的臭味。观众们同时抬起手捂住鼻子，大婶把脸贴在我的胳膊上。味道那么臭，让人不由得怀疑自己的脑浆是不是腐烂了。但是没有一个人离开。

花了整整两天，所有的死鱼才全被铲车装进卡车，运到不知什么地方去了。有专家在电视上解释了原因：酷暑使海水温度上升，产生了赤潮，赤潮导致氧气不足，氧气不足致使大量鱼类死亡。但是也有人认为：因为纸浆工厂排出来的废水里掺了剧毒物质。出入爱丽丝的送货员和妈妈的舞伴们则一股脑儿地带来镇上流传的各种迷信说法，让人陷入莫名的恐慌。不管怎么说，没有一个人想把这些死鱼吃进肚里。

卡车虽然运走了所有的死鱼，但那之后的一段时间，镇上还是可以看到零星的死鱼。它们被车碾过，皮开肉绽，黏液充当胶水把挤出来的内脏粘在了柏油地上。不小心踩到烂鱼的人们吓得赶紧跳开，就怕厄运缠身。

"真不错。"

我刚说完，他就害羞地低下了头。

"我没有什么绘画天赋，姨父说得太夸张了。"

他把画笔换到左手，只用右手打开了吊坠。

木质的画具箱旧了，里面随意摆放着调色板、画笔还有颜料。有几管颜料是崭新的，也有几管几乎被挤干了。

我是站在公交车站眺望沙滩时无意中发现的他。从他向后将头发的动作和脖子上挂的项链认出来的，当时他正坐在海边一块突出的礁石上画画。

顺着防波堤的台阶走下去，我从礁石滩后面走近，喊了声"你好"。他没怎么吃惊，只用眼神冲我打了个招呼。

"我来车站接客人，可是没人下车。"

挥动画笔的手并没有停下。他画的是大海和崖壁，还有延伸至远处的街景，F岛也没有漏掉。看起来画作已经接近尾声。

"明明说的坐三点半的车，肯定是没赶上。离下一班公交车还有五十分钟呢。"

他一直沉默不语，但我并不觉得尴尬。因为知道他只是说不了话才沉默的，而且我也早已习惯了他营造的沉默气氛。

"你姨父呢？"

"突然来了翻译的活儿，正在翻译鱼子酱的进口许可证。"

我发现一和他说话，他就没法画画了，于是决定先闭一会儿嘴。怕打扰到他，我坐在斜后方的一块平地上，垂着双腿，脚几乎就要碰到海水了。

那些死鱼消失了，大海又恢复了原状，可还是没什么人下海游泳。保健所检查了水质并且发布了安全信息，但没有任何作用。许多人还是觉得恶心，不敢靠近大海。客人也接二连三地取消了爱丽丝的住宿预订。不出大婶的预料，妈妈的心情果然又变差了。暑热虽然未改，街上却仿佛一下子入秋了。

他画里的海是淡蓝色的，泛着白色浪花。每画一笔，海水就变得清澈一分。尽管并没有细细勾勒，然而被贝壳覆盖、微微湿润的崖壁却表现得恰到好处。F岛依然是那副侧耳倾听海底声响的姿态。

他在调色板上挤出好几种颜料，把画笔伸进纸杯蘸湿，然后不断调和直到配出心仪的颜色。目光在画面、调色板以及景色上依次来回移动。偶尔也会回过头来看看，大概是怕冷落我吧。但一直没有放下画笔。凹凸不平的礁石，使得画具箱、纸杯还有我们都朝着不同方向歪斜着。

"你那里会溅上海浪的，坐这边吧。"

他把字条递给我，把自己的背包挪到脚边，空出了旁边一块地方。

"谢谢。"

我照着做了。

"你不用回旅馆吗？"

"要是不把客人带回去，妈妈该骂我了。我在这儿等客人可以吗？不会打扰你的。"

他点了点头，目光又转向画本。

翻译家现在干什么呢？是不是正翻着词典，用放大镜找单词，用工整划一的文字写鱼子酱的文章呢？玛丽依的书是不是被推到了一边呢？我在心里胡思乱想着。

"死了好多鱼的那天，岛上怎么样？"

"没什么变化，只是城镇的海岸线看起来黑黢黢了。"

"是吗？"

因为风向的关系，偶尔还会飘来那股恶臭。我觉得每一粒沙子都已经浸染了那股腐臭味。

一对情侣躺在沙滩椅上晒日光浴，海里有男孩在冲浪，每次海浪退去就有小孩子去捡贝壳。海边只能看到这样一些人。卖饮料的男孩和监视塔上的工作人员都不见了。礁石群的水洼里聚集着寄居蟹、红得吓人的螃蟹以及形状怪异的虫子。在他的沉默深处，我能听见海浪的声音。

"为什么你姨父一个人住在那么不方便的岛上呢？"

我看见他把画笔放进了纸杯里，于是问道。

"没有电话，也没有电视。没有家人，没有朋友，没有人来找他……除了你。"

"不是有你吗？"

阳光反射到白纸上，晃得字都看不清楚。

"因为没人喜欢他那样的人啊。有你就足够了。"

"你姨父告诉你了吗？他和我的关系。"

"他什么都没说，但我一眼就看出来了。"

他用炭棒为崖壁的边缘涂上了阴影。颜料干了之后，大海的颜色逐渐变深。有一只螃蟹想要爬上画具箱，一个不小心就掉进了海里。

我们到底怎么交媾的，他真的知道吗？就连我自己，都经常以为翻译家施舍的那些触感和回忆是幻觉。

"他，很爱你呢。"我都为自己的直白而惶惑起来，"一看到他的样子，我就能感觉到。用担心的目光看着你，一有机会就会触摸你的身体。"

"可能是把我当小孩子吧。"

"不是，和那种感觉不一样。更盲目，更无条件，更没有理由。在你来之前，我完全想象不到他居然会如此彻底地把自己奉献给什么人。"

他所寻求的，应该只有我一个人，如果不是你突然出现……但是这句话我没有说出口。

"我是年纪轻轻就去世的大姨的替身。"

外甥宛如倾泻出一串串美丽的花纹，怎么写，怎么写都不觉得累。

"作为他深爱的大姨的替身，他对我就像宠爱小猫一样——以此来赎自己的罪。"

"什么罪？"

"其实不怪任何人，谁都没有过错，只是运气差到了极点。仅此而已。"

"怎么死的?"

"她的丝巾被火车车门夹住了。"

我把这张字条反复看了三遍,也没能弄明白这几个字连起来是什么意思。

"姨父被那边的大学聘用,准备出发去莫斯科。火车还没有到达,大姨抱着还是婴儿的我站在站台上。正要给我们照相时,大姨背后停着的火车突然开动了,谁都没注意到她的丝巾竟然被那列火车的车门夹住了。"

"后来呢?怎么样了?"

文字写得越多,沉默的间隔就越长。在海浪声的间歇中,我听到笔尖唰唰滑动着。他偶尔咳嗽一声,运动鞋后跟碰在岩石上,间或咬咬指甲。比起语言交流来,这种另类的对话使得他造成的各种声响更加清晰。

每次沉默之后,他必定会把字条递给我。只有这一刹那,我们的指尖才会碰到。他的手被颜料染得五颜六色。

"大姨沿着站台被火车拖曳着,这时候大家才意识到发生了什么。但是,只能眼睁睁看着,什么办法也没有。母亲发出尖叫,我被大姨抱着,大姨被勒着脖子。越来越远,越来越远,最后她的头撞在了站台最边上的柱子上,死了。火车终于停下来,但已经太晚了。大姨的头盖骨凹陷,颈椎也断了。由于丝巾勒得太深，脖子上的皮肤都绽开了，但她一直紧紧地把我抱在胸前，保护着我。托她的福，我毫发无损。"

他蜷起后背，专心致志地写着。一次都没有停下来思考过，或者写错了重新写，仿佛他已经讲述过好几遍，所以已经烂熟于心一般。湛蓝的字迹很优美，我觉得就连"凹陷""绽开"这类词语都不那么悲惨了。

"我当然什么都不记得了，这些全是从母亲那里听来的。"

他又加了一句。

"那么，那个人，你姨父，也没能帮上任何忙?"

"是的。姨父一直喊着:'放开婴儿! 解开丝巾!'如果大姨把我扔出去的话，会怎么样呢? 虽说这种假设没有意义，但我母亲和姨父之间总之是生了嫌隙。不是因为丝巾是姨父送的生日礼物，而是因为在那紧急关头他想要牺牲掉我。"

我想起了藏在大衣柜深处的丝巾，也想起了那条丝巾勒在脖子上的感觉。说不定他妻子脖子上的肉片还粘在那上面呢。

昏暗的站台、巨大的圆形时钟、相机的闪光灯、奶粉的香气、掉落的高跟鞋、脖子上难以忍受的痛楚、冰冷的铁柱，这些情景全都浮现在了纸片上。

"我不知道母亲的记忆是否准确，因为在场的所有人肯定都吓坏了。但是，唯一能确定的是，大家的内心都深受创伤。这创伤是致命的，永远无法平复。而仅仅是因为偶尔穿过站台的一缕清风，吹起了丝巾的一角。"

"我看见过那条丝巾，他珍藏着呢。"

"因为那是遗物啊，尽管它是夺走大姨生命的凶器。最后姨父离开了我们。从我记事的时候起，他就失踪了。但是，我上大学那年，我们偶然再次相见。他非常高兴，对我照顾得无微不至，甚至到了让我胆怯的程度。就像你看到的一样。尽管他曾经认为我死了也无妨。"

"但是他很清楚你小时候的事情啊？"

"全是我告诉的。他说的就好像是亲眼见过的一样，偶尔还会润润色，夸张一些。这可能也是他赎罪的方式之一，为了去除曾经那一瞬间的罪孽。明知道这么做无济于事，可就是控制不了自己，只要我在他面前，姨父就会陷入这种状态。而我所能做的只是静静旁观。当和他单独相处时，我会从心底里庆幸自己不能说话真是太好了。"

吊坠里的纸条会不会用完？吊坠会不会突然脱落，掉进大海里去？我担起心来。

为什么那么担心吊坠，我自己也解释不清。可能是因为还想知道关于翻译家的事情，也可能是他递字条的动作充满了魅惑。

太阳西斜，照着外甥的侧脸。他的眼睛周围有一层浅浅的阴影，不会说话的嘴唇紧紧地闭着，脖颈上冒出的汗弄湿了项链。

突然我想到，他会不会也像翻译家那样老去呢？努力想象他可能布满皱纹的皮肤、失去弹性的肌肉和逐渐稀薄的毛发，却是徒劳。无论怎么看，他的身体上都没有一处瑕疵。

我看了看表。距离公交车到站，还有不到十分钟了。

"你什么时候回去？"

我问道。

"明天。"

外甥递来简短的回答。

"是吗……你的姨父会觉得孤单的，肯定。"

"不会的，只不过是恢复平常的生活而已。"

"明年暑假还来吗？"

"估计来不了了。从今年秋天开始，我要去意大利留学了。"

确认过颜料是否干透，他就合上画本，把画笔装进盒子里，把纸杯里的水洒进大海。混浊的水滴落到我们两人的脚边，马上又被海浪卷走了。海浪声音很大，大到我以为是身边的他发出的。

"你是不是觉得奇怪？"

我问道。

他停下了手里收拾画笔的动作，反问似的看着我。

"我们相差了快三十岁呢，无论谁见了都会觉得奇怪的。"

"不觉得奇怪啊。我看到姨父身边有你，真的很高兴。能和你认识，我也觉得很开心哦。"

我突然不知道自己该做何表情，只得低下头帮他拧上颜料管的盖子。

"自从来到这个镇上后，我和姨父以外的人说话，你是第一个。"

"可是我有时候很担心，因为我们没有未来。可能都等不到秋天了。这一切会在夏天结束吧？"

"不会的。"

他写道，仿佛在安慰我。

"因为不会再刮风了。风已经在那天吹过站台，去了远方，你不用担心。"

最后一张字条，他让我紧紧地握在了手心里。他写的字填满我的掌心。突然，我觉得这是我们两个人在互相彼此确认连接，和翻译家没有关系。

站起来时，我们抱在了一起。礁石凹凸不平，稍微晃动一下，就很可能掉进大海。不知道是他看我没站稳拽住了，还是在那之前就伸出了胳膊，我想不起来。只是发现，海浪静止了。

我们接吻了。没有丝毫的犹豫，就像长久以来在我们之间反复使用的暗号一般，我们把嘴唇交叠在一起。我的手中还握着字条，他的吊坠抵在我胸前（只有那里传来一丝凉意）。我感受到了一种和翻译家完全不同的气息。

202 号房间里昏暗无比。窗玻璃被隔壁加工厂冒出来的蒸汽弄得模模糊糊，隐约还能听见鱼泥搅拌机的运转声。

床铺平整如初，床边桌上的电话和《圣经》、梳妆镜前的抽纸盒、冰箱上的启瓶器、布满划痕的玻璃杯，一切都放在固定的位置上。今天本该入住这间房的客人，一大早打来电话取消了预约："谁让不能在海里游泳啊，我也没办法。"她的语气倒像是在埋怨我。

他一点都不着急。即便听见了大堂里的说话声和走上楼梯的脚步声，也不惊慌失措。他缓慢地抚摸着我。床下放着画本和画具箱。

"来爱丽丝吧。"

我在礁石上说这句话的时候，他没能立刻回答什么。因为吊坠正夹在我们两人的胸膛之间。

我让他混在公交车上下来的两拨客人里，带进了爱丽丝——真是一次胆大包天的冒险。他表现得就像是一个独自来旅行写生的寡言青年。一组客人住 204 号房，另一组住 305 号房，于是我就把 202 号房的钥匙递给了他。预约本上的 202 号房那一栏里，还画着表示取消的红叉叉。对了，它也是翻译家和妓女用过的那间屋子。

兴奋的小孩们欢叫着跑来跑去，大人们在斥责他们。有一拨人在大堂展开地图，寻找餐厅的位置。在种种喧闹中，他顺利地进了房间。

不光是气息，他的一切都和翻译家截然不同。没有用绳子绑我，也没打我，没有下达任何命令，他用了其他方式来对待我。宽阔的胸膛遮蔽了我的呼吸，手指宛如写字一般在我的身上游走，压在我大腿上的髋骨非常结实。

床吱呀作响，听着格外地响，以至于我不得不担心是否会被下面听到。上面的房间里有人在漱口。前台有人在按铃。他浑身灼热，只有这股灼热充满了我。

当他发出声音时，我知道事情做完了。那确实是声音。长时间躲藏在他胸膛里的声音小人，终于从嘴唇的缝隙间掉了出来。

"可以给我看看舌头吗？我想看看你被切掉的舌头。"

他把扔在旁边床上的裤子和 T 恤衫穿上，最后挂上了吊坠。

"为什么?"

"没有什么理由。"

他把我的肩膀拉近，慎重地张开了嘴。

里面一片黑暗。真的没有舌头，只有一个黑洞。黑洞很黑，一直盯着看的话，仿佛会让人眩晕。

这时，大堂里传来了烦躁的声音："玛丽! 喂，玛丽! 你在哪儿偷懒呢?"

是妈妈。紧接着，脚步声沿着楼梯跑上来，过了楼梯拐角，顺着走廊朝这边逼近了。

我急忙抱起画本和画具箱，催促着他一起躲进了大衣柜里。画具箱咔嚓作响。我紧贴着他，一动不敢动。

妈妈敲了敲隔壁 201 号房的门。

"不好意思，我是来换床罩的。"

躲在大衣柜里，却感觉声音近在耳边。我更加贴紧了他，他用两手环抱着我。

"对不起，打扰了。"

这回脚步声停在了 202 号房门口。妈妈从围裙兜里取出钥匙串，找到房间钥匙，把它插进了锁孔里。

我的心跳骤然加快，呼吸都变得不顺畅起来。和小时候逃学藏身在客房那天一模一样！和翻译家用丝巾勒紧脖子时的痛苦瞬间也无两样！大衣柜里有一股油漆的味道，熏得我直眨眼睛。

妈妈扫视了一番房间。走过大衣柜前面，确认了窗户锁，拉上了窗帘。尽管我心想还是闭上眼睛比较好，却控制不住地想透过缝隙往外看。她浮肿的脚每踩一下地板，振动就会传过来。可怕极了。被妈妈发现，我邀请外甥前来，外甥对我的所作所为，瞒着翻译家和外甥约会，这一切都让我不寒而栗。

妈妈把手放在我们刚刚翻滚过的床上，抚平了褶皱。用手摸了一下放过吊坠的桌子，检查上面是否落了灰。我担心这些地方还残留着体温，更担心我掉了头发。即便只有一根，妈妈也一定能认出来是我的！

我们两人的心跳混到了一处。他的气息弄湿了我的耳垂，我的发丝上浸染了海潮的气味。

妈妈再一次环视房间，确认没有忘记什么后，咂了咂嘴出去了。脚步声逐渐远去。

我一下子全身放松，蹲了下来，像一摊烂泥一样从他的怀抱里瘫软下去。从门缝间射进来的光一点儿也不管用，只让大衣柜里变得更加黑暗。抬头看去，外甥的样子模糊不清，看不见脸上的表情和手指的动作。每次眨眼，他仿佛朝着黑暗那边越走越远了。

我觉得自己正迷失在他身体里的黑洞中，那个在站台上被大姨抱着的时候还好好地长着舌头，现在已经接收不到光芒和声音的温暖潮湿的黑洞里。

十二

第二天，外甥按计划离开了 F 岛，没和我打一声招呼，也没留下任何口信。

我本来还想着他下了游船之后，在公交车来之前会先到爱丽丝看看我。毕竟从大衣柜里爬出来之后，我们一心想着不要被妈妈发现，慌慌张张地就分别了，什么告别的话也没有说。

但是，这只是我的一厢情愿而已。上午出现在爱丽丝大堂里的，只有三个月前就预约了的老年夫妇和推销化学抹布的人。最后一班公交车也开走了。衣兜里的字条，自那以后再没有增加过。翻译家和我又回到了只属于我们的二人世界。

　　小镇被一种诡异的寂静包围着。海边没什么人影，只有海鸥极为显眼，饭馆的露台即便到了中午也净是空位。崖壁那边的售票处、快艇租赁处、刨冰小摊、观光车管理公司，各处的工作人员都闲极无聊，呆滞地望着远方。旺季还没过去，有的土产商店却已经关了张。日光照在闲散的海岸大道上，备感刺眼。

　　那一天是个罕见的阴天。明明是白天，却如黎明前一般昏暗。哪儿都找不到太阳，青灰色的乌云层层叠叠，把天空盖了个严严实实。被染上同种色调的还有大海。

　　这颜色着实令人感到恐怖。绝对称不上美，却很纯粹，不由分说地支配了所有的风景，阵阵波浪宛如呼吸一般起伏。好不容易在水平线边上露出了一条细长丝带般的天空，却被袭来的重重乌云挤得没了立身之所。就连停在礁石上的海鸥，都不安地仰望着天，仿佛在犹豫是否要飞上去。

　　我们站在游船甲板上，眺望大海。就在前几天，船上还满满当当，人多得几乎要溢出栏杆去，现在也都没了踪影。貌似出去买东西刚回来的疗养院管理员，正靠在船舱的窗边打盹。咖啡店的大叔出了柜台，正在船头抽烟。还有几个游客，看样子是找不到消磨时间的好办法无奈上的船。

"他，回去了吧？"

我明知故问。

"是的。"

翻译家说。

问完之后马上就得到了回答，没有沉默的间隔，也听不到打开吊坠撕纸条拿笔写字的声音。不知为何我却觉得很别扭，和外甥对话时的节奏还残留在心里。

"一个礼拜真是转瞬即逝啊。"

"他不能待很长时间，因为是瞒着他母亲过来的。"

"为什么？"

"像他这个年纪的年轻人，谁都不会和母亲说实话的。"

"看来你家的人全都是保密主义者呢。"

"是的，就是这样。就好像一说出来，整个岛都会沉入大海里一样，所以都愿意藏着这个秘密。"

我们对视了一眼，咧着嘴微微一笑。

马达声在脚下响起。风比以往要大一些，潮湿的空气缠绕着周身。我的头发盘得很紧没有散乱，只有刘海纠结在额头上。翻译家屡次把手伸向我的额头，为我抚平头发。风一直吹，这么做其实根本毫无意义。

"下次什么时候来呢?"

"我也说不好,他每次都是临来之前才告诉我的。"

外甥要去意大利留学这件事,翻译家知不知道呢? 我没有问。因为我不准备把在礁石见着他外甥的事告诉他。这样才能把在爱丽丝里发生的事永远变成秘密,永远全都埋藏在心里。

翻译家穿着和巡回嘉年华那天同样的深褐色宽领口西服。领带是涡纹图案的,貌似我在翻大衣柜那天见过。裤子上的冰激凌污渍已经消失不见。

"真是个怪天气。"

我说。

云层更加厚重低垂,看起来马上就要下雨了。明明有风,海面却平滑如镜,除了游船制造的白色浪花和马达声以外,没有什么东西打乱它。无论是帆船还是渔船,全都没有出港。

"是不是要下雨了?"

"估计是吧,而且还是瓢泼大雨。"

"已经一个多月没下过一滴雨了,我都快忘了雨是什么样子的了。"

我靠在扶手上,瞪着眼睛搜寻第一颗雨滴。但是,从云上垂下的只有一张泛青的帐幕而已。不只是海，连我的手和翻译家的脸都沾染了这帐幕的颜色。云层逐渐逼近，我觉得它很快就会把我们吞噬掉的。

"没关系的，马上就能想起来。"

他的手臂从背后揽住了我的肩膀。

到了现在，翻译家还是那么扭捏怯懦。稍稍靠近我的身体，仿佛就是一件不得了的事情。连外甥在礁石上和我接吻的时候，都能大大方方。而他明明看过那么多我无法示人的丑态。

回过头也看不见小镇了。崖壁从一大早就被淹没在海潮里。刚才一直在犹豫的海鸥，终于下定决心飞了起来，但是马上就被乌云吞噬看不见了。木材废料、海藻、空瓶、塑料碎片、鱼线、塑料袋等各种乱七八糟的东西，被卷进了游船的螺旋桨里。

船舱里的管理员中间醒了一次，用手擦掉窗户上的雾气朝外面瞧了瞧，接着又睡去了。他的半张脸上还带着窗框的印痕。手持摄像机的中年夫妇从我们面前走过，朝着坐在水泵罩箱上的咖啡店大叔走去。

"船在岛上停留多长时间啊？我们想在岛上好好散散步。"

妻子问道。也许是风向的原因，我听不见大叔的回答。夫妇俩走了以后，他点燃第二根香烟，还不时斜眼看看我们。我一看他，他就慌忙低下头抽烟。

游船缓缓地向左拐了个弯，汽笛响声震天，传到远方。F岛出现在视野里，还是宛如耳朵的形状，横卧在云与海将将重合的缝隙之间。

我坐在沙发上看着翻译家工作的样子。他端坐在办公桌前，手握钢笔，一边用另一只手抵着一行俄文文字，一边在笔记本上写下合意的语句。有时候翻翻词典，有时候盯着空中思考，有时候用手扶一扶老花镜。

这次的活儿好像是一封寄到大学附属医院脑外科研究室的俄文书信。"专业术语特别多，很累。"他说着从书柜的最下层取出医学词典。翻译玛丽依小说的一套工具全部被收进了抽屉里。

"你这里什么词典都有啊。"

我刚说完，他就得意地指着书柜："你说对了。哲学、伦理学、机械工程学、音乐、美术、电脑、电影等等，把世界分门别类的词典我这里全都有。"

每部词典都厚重漂亮，但是很破旧。封面和封底的文字快看不见了，露出绽开的订书线。不过看上去并不是用旧的，而是由于长时间挤在书柜里被风化了。

每次翻动医学词典，粘在一起的纸张被撕开，发出无法形容的响声。好像稍微用力，它就会彻底变得七零八落似的。但是翻译家却优雅地翻着，优雅得就像在解开我的一个个上衣纽扣，优雅得就像在草丛里嬉戏一样。

我喝下他准备好的红茶。红茶美味得无可挑剔，壶里还盛着许多。

下了游船后，风力渐渐变强。入海口悬崖上有些松树，枝叶全被吹向了西边。每过几分钟就有一阵猛烈的风，窗玻璃不住地震颤，仿佛整个房子都会被卷到天上去。

没有下雨，不知何时乌云却吞没了天空，它散发出的青灰色光芒入侵至房间，即便拉上窗帘，也无法驱除它们。

"喂，很难翻译吗？"

趁着刮风的间隙，我试探着小声问他。他纹丝不动，手也没有停下。

"先写在笔记本上，然后再誊一遍吗？还得多久啊？"

他回过头来，把食指放在嘴唇上"嘘"了一声之后，又继续工作了。我听话地闭上了嘴。

外甥走了以后，这间屋子又恢复了以前的模样。只有外甥一个人从摇摇晃晃的游览车上下去了。翻译家恢复了沉思默想的常态，扶桑花和收音机统统消失不见，空气中充满了各种各样的预感。

我努力回想坐在这个沙发上的外甥，但并不顺利。在礁石群上碰到的嘴唇，在爱丽丝的床上发出的唯一呻吟，都像是很久以前发生的事情，像是我和翻译家相识以前发生的事情。不知从何而来的预感充斥着我的脑海：男人即将拿出绳子、我即将承受痛苦、男人即将发号施令。我曾经深深迷恋的和外甥对话的节奏，都随着风声一同远去了。

翻译家在信件的某一行下画了条线，数次用手指摩挲着词典的同一处，清了清嗓子。然后把脊背挺得更直，一个字一个字仔细地写着，每个笔画都不超出笔记本的横线。时间在慢慢地流淌。

他对我也会这样执着的，再忍一会儿，马上就全部翻译完了！他衰老卑微的身体，只有在玩弄我的时候才会恢复生机：用拿着钢笔的手抓住我的乳房，将沉思的唇伸进我的肋骨之间，桌子底下的脚则会踩歪我的脸。

我把红茶一饮而尽，目光片刻也不离开男人。露台吱吱呀呀地响着，不知从哪里飞来的空花盆倒在了草坪上，大海却依旧光滑如镜。

　　他回头对我说的第一句话会是什么呢？我整个脑子里想的都是这个。你这头肮脏的母猪？快趴下舔地板？把大腿分开？哦，真的好期待。

　　他拍了很多张照片。打开闪光，调节焦距，换胶卷。我都不知道他这么会用相机。

　　为了他，我摆出各种姿势。连我都佩服我自己，一个人居然能变成这么多种形状呢。这需要比平常还多的绳子，不过他早就准备齐全了。

　　男人把我扒光了。无论什么情况下，这都是第一要事。最后一件内衣离我而去，我能感知到自己有多么丑陋。

　　他把椅子捆在我的后背上，就是刚刚工作时坐的那把椅子。木质的椅子很结实，只有坐垫部分是皮的。他把我的双臂绕到背后捆在椅背上，用绳子将上半身结结实实捆了好几圈。去哪儿我都必须背着这个椅子！椅子很重，我走起路来摇摇摆摆的。稍稍失掉一点平衡，绳子就会勒紧乳房，我不由得呻吟出声。但是男人不管这套，一会儿让我去锁上厨房的小门，一会儿让我收拾红茶的茶杯，还让我取下卧室里的床罩。

　　"你在爱丽丝做过那么多遍，应该早就熟悉了吧?"

　　背后的椅子不断地撞到东西，每次都让绳子勒得更紧。

下巴、嘴、腋下、腿，我使出浑身解数用身上能够活动的部位给门上了锁，搬走了杯子，还把床罩叠好。男人一直在我身边不停地按快门，拍下我因痛苦而扭曲的脸、红茶打翻洒满胸前的狼狈模样以及在弹簧床上失掉平衡倒下的瞬间。

吩咐我做完这一堆事情后，男人又把我的腿和椅子腿绑到了一起。这下我完全动弹不了了，腿关节扭曲成不自然的角度，手脚冰冷得失去了知觉。

这时，我觉得自己仿佛和椅子融为了一体。似乎从指间开始，皮肤变成了皮革，脂肪成为了软垫，骨架变为了木头。

男人坐了上来，满足地微笑着，把胳膊搁在扶手上，还跷起二郎腿。我用自己这副扭曲的身体支撑着他的全部重量。

"重吗？"

他低头看着我，问道。我不能回答，连头都点不了。

"坐着真舒服啊！"

他缓缓抚摸着椅背和扶手，我分不清他是在摸椅子，还是在触碰我的身体。

不只是椅子，我变成了各种东西。餐桌，鞋柜，座钟，洗脸池，垃圾箱。男人把我的手脚、腰部、胸部、脖子绑在那个物体最恰当的地方，紧密贴合。他总是知道怎样的捆绑角度能加速我和物体的同化，手腕和把手、腰和门板、手指和抓手，诸如此类。

绳子总是坚守使命，变幻出男人想象中的形状，不曾松弛或断开。

我浑身上下都被绳子磨红了，虽然算不上是伤口，但确实能感到疼痛。阵阵疼痛好似脉搏跳动一般，在表皮下传遍全身。当所有的痛苦融汇于一处时，我冲向了快乐的巅峰。我在玄关兴奋地捧着男人的鞋，在洗漱间里接住男人吐出的唾液。

男人打开厨房里面的小门。里面有什么，将会发生什么，我无从知晓。没有窗户，狭窄昏暗，四面都是直通到天花板的架子。这里的空气混沌又干燥，飘着一股灰尘、面粉、洗衣粉混在一起的粉尘味。

原来是储藏室。架子上摆满了食物，地板上还堆积着好多东西。罐头、大米、意大利面、面包粉、土豆、油、调味品、干大豆、即食食品、饼干、巧克力、矿泉水、红酒……无论是种类还是数量都令人叹为观止。他一个人要把这些全部吃完，得花多少年啊？我感到不可思议。承受不了重量的架子多处弯曲，眼看就会崩塌一般。

"快点进来！"

男人的声音被闷在小屋子里，逃不出来。我们两个人都进去以后，这里就没有了一点儿多余的空间。他摘下了挂在天花板钩子上的一串洋葱，将我挂上去。洋葱的表皮很干燥，是半透明的暗黄色，看起来很好吃。

"趴在地上！"

男人的命令一个接着一个。他把我摆弄成虾米的形状，用锁链穿过绑在我手腕上的绳子，挂在了钩子上。力量真大！明明连冰激凌都不会吃，而且只会那一种难看的泳姿，却那么清楚怎么吊人，轻车熟路地就把我吊了起来。

闪光灯太过耀眼。风声明明远了，却异常刺耳。屋子里所有的窗户和门板都在震动，声音传到了储藏室里。

男人的镜头正逼近我青筋暴露的脖子、无遮无拦的下体、汗津津的脚底。我虽然看不到被相机挡住的他的脸，但从握着相机的手指可以明显感知到他从心底对我充满了蔑视。不知不觉间，我的身体开始旋转。锁链和钩子摩擦的声音让我的痛感愈加强烈。

被吊在空中以后，我突然变得胆小起来，觉得自己绝对不可能逃离这个男人的魔爪了。手腕疼得快要断了！因出汗而模糊的视野里，我看到自己最终皮开肉绽，很快骨头就被锁链折断。随着啪嚓一声脆响，我掉到地上。总觉得手腕不听使唤，伸到面前一看，我的两只手都凭空消失了。滴滴答答，滴滴答答，从天花板上落下了什么。抬头一看，挂在钩子上的是翻译家妻子的脑袋，她的脖子上还系着那条丝巾……

只有从厨房漏进来的点点光芒照着男人的后背。风声中仿佛夹杂着水声，估计这场雨还是下来了。

装花生的袋子、芦笋罐头、放盐的瓶子都盯着我，它们不出声，垂着眼皮，屏住呼吸。洋葱一直在地板上老老实实地等待着。

男人换了个胶卷。那些胶卷从他的西服口袋里源源不断地冒出来。突然，角落里传来了声响。他用脚把米袋子踢开以后，露出一个小笼子，笼子里面有一只掉进陷阱的老鼠。还是一只小老鼠呢。

"可怜的家伙。"

老鼠被夹住了尾巴，正在使劲挠着笼子想要逃跑，一直痛苦地吱吱叫着。

"我得好好治治你们这些家伙。"

大概老鼠的尾巴上也有神经吧。它挣扎得很剧烈，要是把尾巴弄断了岂不是更痛苦吗？那样肯定会流血的，多多少少肯定会流血的。老鼠的血是什么颜色呢？

男人拿起了鞭子。这根鞭子放在堆成山的土豆汤罐头和玉米脆皮盒中间，分明是和周围一切不搭调的东西，却巧妙地伪装成食品藏身于其中。我一直没有发现它。

他用那个鞭子抽起我来。鞭子细长而柔软，把手上的天鹅绒布吸入了适度的汗，闪着光泽。玛丽依深爱的骑马教练拿的肯定也是这种鞭子吧？男人每次抬起手，鞭子就画出一条优美的弧线，在空中飞舞。弧线那么优美，令我几乎忘记这是给我带来痛苦的东西。他每次会稍稍变换挥舞的角度，鞭子在狭小的空间里自由自在地游弋，决不会碰到食品、墙壁以及锁链这些无意义的东西。鞭子准确地落在我的身上。

比起疼痛来，更能抓住我的心的是声音。它宛如纯粹而高雅的管弦乐器在演奏。鞭子遍及我身体上所有的卑微之处，令隐藏在身体内部的脏器和骨头都产生了痉挛。自己的身体居然能发出这么充满魅力的声音，实在难以置信！宛如积淀在身体最深处的空洞里的涌泉，不断地在震颤。

老鼠还在挠，越是折腾，尾巴就被夹子夹得越紧。它小小的后背已经筋疲力尽，瞳孔润泽黝黑，一刻不停歇地吱吱叫着。

　　鞭子又一次落了下来。从肩胛骨到侧腹传来一阵剧痛。涌泉奏出的音乐余韵消失后，我神志恍惚地发出惨叫，叫声和老鼠的叫声重合在了一起。

十三

从储藏室出来，外边不知何时已经刮起了暴风雨。雨滴敲击着玻璃，强风卷着漩涡，大海也狂躁起来，大浪向入海口席卷而来。周围昏黑一片，只有打到悬崖上的水滴在黑暗里四处飞散。大海的狂吼和暴风的声音合二为一，响彻小岛。翻译家打开了房间里的灯。

老鼠死在了盛着水的桶里。蜷着身体，前爪无力地垂着，半张着嘴浮在水面。它没受多少苦，翻译家抓住尾巴倒吊着浸入水里，刚开始它还乱蹬了几下，马上就不动了。它在水里一直睁着眼睛，仿佛在思考什么重大问题似的，翻译家放开手以后，就浮了上来。

从扔在床上的裙子口袋里，露出了什么东西的一角。翻译家把它拿在手里，看了很长时间。我摩挲着好不容易获得自由的手腕。鞭子的痕迹并不是很明显，只是皮肤火辣辣的。一闭上眼睛，脑海里还会马上浮现出那条弧线的波动。

"你和那孩子见面了？"

翻译家说。

"啊？"

我反问道。

"你和那孩子见面了？"

他用完全相同的语调又重复了一遍。我意识到他指的是外甥。翻译家拿在手里的，正是外甥写给我的几张字条。

"是的，见面了。"

我盯着那沓一直放在兜里、皱巴巴的字条回答。

"什么时候？"

"他回去的前一天。"

"那孩子没跟我说……"

"偶然碰见的，我碰巧看见他在公交车站前面的礁石上写生。"

"我不知道这事。你们俩单独见过面，我一点都不知道。"

"就一小会儿。"

"但是，居然有这么多字条……"

翻译家眉头紧锁，像是在沉思，后槽牙磨得嘎吱嘎吱响。他想用自己的方式把这件事情整理出头绪来。一张，两张，字条一张张从他的手上滑落下来，外甥熟悉的字迹进入我的视野。但是那上面究竟写了些什么，我却无法鲜明地记起。

"我觉得用不着特意向你报告，他肯定也这么想。我们就是说了会儿话。他在画画，我在等车，仅此而已。"

"字条上写着关于我妻子的事情。妻子是怎么死的，写得尤其详细。"

"是我让他告诉我的。"

"你为什么瞒着我？"

"没什么原因。"

"肯定有不能告诉我的理由，把我一个人排除在外的理由。"

"他已经回去了，已经不在这儿了。还问这些干什么呀？"

"别想糊弄我！"

这是第几次了呢？在爱丽丝里第一次见到他开始，这是我第几次听到他的这种口吻呢？每次回想都能让我浑身麻痹，无法动弹。

高空又刮起一阵更猛烈的风，直冲着小岛吹了过来。不知是悬崖上的松树，还是露台里的栏杆，我听见什么东西咔嚓断成两截的声音。

"从那孩子写的字就能看出来！他写了一张又一张，你们就是这么对话的。这些字条和声音一样，从他写的字就能看出来你们是抱着怎样的心情、在怎样的氛围里说这些话的，全都一目了然。"

雨也加入了风的旋涡，大海被涂抹成黑色，无论怎么凝神眺望也看不到小镇。所有的字条都从翻译家的手中掉落下来。

"我……背叛了你。"

我的声音很平静，连自己都没想到。虽然说的是真心话，感觉却像在撒谎。他一动不动地倾听着我说话声音的余韵。

警笛响起，长得没有尽头。

"船停航了，你回不去了。"

他说。

一整晚，我们都在用独属于我们的方式表达对对方的爱。反正无论如何，我也回不去爱丽丝了。没有船，没有电话，也没有能帮我一把的朋友，这里只有我们两个人。

不可思议的是，我并没有想起妈妈，也没去想明天该找个什么理由去搪塞她。我只觉得明天不会到来了。暴风雨一直不停，我们两个人要永远被困在这个岛上了。这浪漫的想象，使我更加放荡。

男人狠狠地惩罚了我。惩罚的方式很独特、很棒：他把我拽进浴室，剪掉了我的头发。

浴室里冷飕飕的，开着换气扇。空间很狭小，天花板却很高，一切声音都回响在头顶上。好多地方的瓷砖掉了，浴缸内部伤痕累累。

"你都干了些什么！"

男人手里拿的是上次剪破我衬裙的那把剪子。和那次一样，他先"咔咔"地比画了几下，发出尖锐的金属声来震慑我。浴室里全是回音，它们在我的耳膜里振动的时间更长了。

我深切知道这剪子有多锋利。刀刃不过是稍稍碰到了裙摆，衬裙就裂开了。任何抵抗都是无效的。当时，他压根儿没用什么力气就把我扒光了。

"你居然诱惑我最心爱的孩子，太不像话了……"

男人抓住了我的发髻。一直勉强维持到现在的发型瞬间瓦解，头发覆盖了我的脸。

"我要惩罚惩罚你！就这样，就这样！"

他抓起一把头发，拽着我转圈。头皮被拽得吱吱响。

"不要！"

我喊道，脚踢向洗脸台，腰撞到了浴缸边缘。头皮疼得仿佛被人整个从脑壳剥去一般。

"求你了，别这样。疼死了，疼死了……"

冰冷的刀刃碰到了头皮，头发一缕一缕地从眼前落下。山茶花油早已蒸发，头发干燥无比。男人不停地剪着，头发接连不断地掉落下来。我觉得我的脑袋已经光秃秃了，他还是不停手——他不原谅我。

"对不起，我再也不这样了。对不起！"

我反复祈求。男人没有答话。我意识到，自己正是因为想接受惩罚才主动坦白外甥的事情的。对了，当时我引诱外甥来爱丽丝就是为了这个。

嘴唇、乳房上全都沾着头发，怎么拂也拂不去。他的手和他最自豪的西服也弄脏了。窗户外面一片漆黑，雨滴顺着玻璃流了下来。

剪刀从男人的指缝间落下，掉到了地砖上。他屈着膝，呼哧呼哧地喘气，大声咳嗽。我们两个人很长时间都没有动。我想摸摸脑袋，看看变成了什么样子，但是实在没有那个勇气。手一直抖个不停。

淋浴喷头被开到最大水量，热水淋了下来。发丝就像不情愿离开似的，挂在瓷砖角上或者肥皂盒上，朝着下水口流过去。我不敢相信这些就是刚才还长在自己头上的东西，它们一根根宛如黝黑细长的寄生虫，互相缠绕着，不停蠕动着，四处寻找逃生口。最后筋疲力尽，都被冲走了。

男人拿过喷头冲着我喷水。我退到浴室一角，脸也背了过去，但是他拿着喷头追着我不放。我的眼睛睁不开，声音也出不来，热水从鼻子和耳朵灌进来，连呼吸都变得不顺畅了。

"感觉怎么样啊？再给你加热点！"

他拧了拧调节温度的旋钮。没冲下去的头发积成一团堵在下水口，全都气息奄奄的。原来，我就是那被溺死的老鼠。

到了半夜，电也停了。关了灯以后，风声听起来像是近在耳畔。雨势看来暂时不会减小。男人脱下湿衣服，这回他会换上哪件西服，戴上哪根领带呢？屋里太暗，我看不太清。

我仍然一丝不挂。

男人在办公桌、咖啡桌、饭桌上分别立起一根蜡烛。他准备了橘黄色的料理，还是盛在浅盘子里的糊糊。糊糊放在地上，我就趴在地上，伸长脖子，用舌头去掬。但总是掬不好，那些液态物体常常从嘴角流出来，把脖子都染成了橘黄色。男人什么也没说，也不喝水，只是坐在沙发上盯着我。

我悄悄看了眼书柜，用余光看着倒映在玻璃上的自己的模样。映出来的脑袋呈淡淡的乳白色，看上去又可怜又滑稽，宛如一只羽毛还未长全的雏鸟。头发长短不齐，朝着四面八方支棱着，还打了结。我试着眨了眨眼睛，还用舌头舔了舔嘴唇，想确认这是不是真的自己。

"快点吃！"

男人说，烛火随之摇晃了一下。妈妈已经不能再为我绾发髻了，也无法再用山茶花油给我梳头了。

残留在头上的头发碎屑唰唰地掉落在盘子上。橘黄色里多了许多黑色的点点，我用舌头把它们捞起吞了下去。

长夜漫漫。站在游船甲板上眺望黎明前的云霞，仿佛已经是很早以前的事了。从那以后，黎明不曾到来，就又迎来了新的黑夜。外面的世界，无论是大海还是小镇，无论是花朵时钟还是爱丽丝，全都被暴风雨吹走，消失不见了。

男人赠予我数不清的痛苦与屈辱，我全部贪婪地咽下。一切都在烛光下进行。只有浮在水桶里的老鼠一直瞪着眼睛注视着我们。

乘坐早上第一班游船的只有我们两个人。暴风雨已经过去，海浪虽然还起伏不定，但雨已经停了。入海口也恢复了静寂，朝阳即将从云间射下第一束阳光。

我用丝巾包住了头，就是勒死他妻子的那条丝巾。翻译家的每块手帕都太小，洗脸池里的毛巾又太难看，实在找不到其他适合包头的布。

"算了，就这样也没事。"

我说。但是，翻译家拿出了丝巾。

"可这个不是……"

他没有管我的踌躇不决，把丝巾展开围在了我的头上，还把开线的一角巧妙地藏在了我的脖子后面。那些血迹从远处看，不能不说很像某种抽象的花纹。

"很适合你啊。"

他说。

甲板上潮乎乎的，为了避免摔倒，我们俩拉起了手。手腕上的伤痕还很清晰。

翻译家在咖啡店为我买来了热可可。虽有点温，但甘甜可口。店里的大叔还是昨天那个在船头抽烟的人，眼睛浮肿，接过钱时仍然板着脸、低着头。

"谢谢。"

大叔瞟了一眼我裹着丝巾的脑袋。

大海的颜色很混浊，漂浮着许多像是从河里流进来的垃圾。没看见海鸥，在天上流动的只有云彩。

"扶手是湿的。"

翻译家用自己的手帕擦了擦。

"喂，我怎么和妈妈说呢？"

"去岛上玩，后来回不去了，这么说就行。实际上也真是这样。不过别忘加上一句：去疗养院住了一晚。明白了吗？"

"头发呢？"

"一直围着这条丝巾就行。不用担心，特别可爱，你母亲也会喜欢的。"

我用手摸了摸脑袋，沾着血迹的地方触感有所不同。突然，一阵风从后面吹过来。男人帮我用力重新系紧丝巾，并把露出来的头发塞了进去。

小镇越来越近了，教堂、办事处的钟塔和崖壁映入眼帘。暴风雨那么猛烈，崖壁却依然保持着以往的雄姿浮于海上。游船放慢了速度，一边往右转弯一边鸣笛。我们用力握紧了对方的手，咖啡店的大叔正在清洗我们喝过的可可杯子。

小镇眼见着慢慢变大了。栈桥上已经站满了人，准备乘坐游船的游客好像已经迫不及待地排成了队。船旋转了四分之一，船尾朝向栈桥靠了过去。这次响起的汽笛声更加低沉。

"你不用下船了。"

"我把你送到花朵时钟那里。"

"我得跑着回去，到退房的时间了。"

"我会再给你写信的。"

"我等着。"

翻译家碰了碰我的脸颊，然后就像珍藏这触感一般，轻轻地合上了手指。

嘈杂的声音传来，远方有人在呼喊我的名字：

"玛丽！玛丽！玛丽！"

确实是在叫我。栈桥上的人都抬头看着我们这边，原来那些人并不是等着上船的游客，而是系着围裙的服务员、出租车司机以及身着睡衣的中年妇女。所有的人都在交头接耳地说着什么。等候室前面停着警车和救护车。我看见拉手风琴的少年在人群后面，像往常一般把手风琴挂在脖子上，不过没有拉。

"玛丽，我在这儿呢！玛丽！"

是妈妈，是妈妈在喊。她为什么这么大声叫我的名字呢？我觉得特别不可思议。

咣当一声，马达停了。两个不认识的年轻人跑上甲板来，冲着我们不客气地说了些什么。声音很大，我却一句话也没听清楚。他们俩你一句我一句地嚷着，我的耳朵里却寂静无声。无论什么声音都传不进来，仿佛我的鼓膜突然蒸发了一般。

翻译家甩开我的手，在甲板上跑起来。他跌跌撞撞地跑着。那两个人中的一个追了过去，另一个留下来抱住了我。他不停地冲我说着什么，但我还是什么也没听见。

翻译家脚下一绊，撞上了烟灰桶，随即被咖啡店的大叔抓住了。他使劲挣脱掉那个大叔，朝着船头跑去。这一切都发生在寂静之中。

差一点就被抓住，但翻译家纵身跳进了大海。他连再见都没对我说，也没冲我微笑，就踩上栏杆，躬起身子跳了下去。

水花飞溅——

从那个刹那之后，我的鼓膜又恢复了。

"你有没有受伤？"

年轻男人盯着我的脸，用温柔的声音问道。

"他跳下去了，赶快派船！"

周围响起凌乱的脚步声。

"扔救生圈！"

"救生衣在哪儿呢？"

"等着他浮上来，都不要慌。"

各种声音混杂在一起。

"这个是……"

年轻男人刚要朝丝巾伸手，我就把他的手推开，蹲了下去。

"玛丽，吓坏了吧？已经没事了，不用担心。玛丽居然被人诱拐了，真是吓死我了！天哪，怎么把你折磨成这样啊？哪儿疼吗？他到底是什么人啊?！还好你没出什么事。

真是太好了！真是万幸！警察先生，太谢谢你们了！医院会给这孩子好好检查的，是吧？我们能坐救护车，是吧？"

妈妈一直不停地说话。喋喋不休的声音把我一圈圈地缠住了，但是回响在耳朵里的，只有翻译家沉入海底的声音。

三天后，翻译家的尸体才浮上来。是警察潜水队发现的。他的身体因腐败气体肿胀起来，衣服被撑裂了，呈半裸状态。脑袋也膨胀成了两倍大小，几乎看不出原来的相貌。

翻译家有前科。四年半以前，他曾因为商品纠纷殴打了钟表店店主——用摆在柜台上的座钟打的脑袋，店主三个月后才痊愈。因此比对指纹很容易就核实了身份。

我只住了一天的医院。医生检查了我的全身，一丁点擦伤和内出血都没放过，一一记录在病历上。原来头皮上面有无数道小口子，多半是剪刀划的，我一直没意识到。一挨枕头，这些伤口就针扎般地疼痛。

整个问讯过程非常细致。负责问讯的是一名女警察，她偶尔还会带来精神科医生或心理顾问。但是我只会回答"什么都不记得"，他们误解是我受到了惊吓才会这样。

既然嫌疑人已死，即便搞清楚事情真相，对于被害人来说也无一利，反而只会加深少女的精神创伤。这是他们最后得出的结论。

暴风雨之夜，因为我没回家，爱丽丝乱成了一团，妈妈还报了警。一开始大家都以为我可能被大浪卷走，或是被洪水冲走了。直到早上，咖啡店大叔向警察报告说：曾经看到我和一个可疑的男人一同乘坐游船。

这些过程，都是大婶告诉我的。她似乎觉得应该同情我，却又压抑不住自己的好奇心，所以一直很兴奋地讲着。

但是对我来说，这一切都无所谓。翻译家死了。只有这件事是真实的。

头发长到原先的长度耗费了十个月以上的时间。我再也没有坐到前台里，为了不被客人看见我的脸，干的都是里面的活儿。后来头发又长了，妈妈也不再为我盘起。山茶花油不知何时已经全挥发了，瓶子都是空的。

"有一个笔记本，上面翻译了一本主人公名叫玛丽侬的小说。请帮我找一找。"

这是我向警察提出的唯一要求。但是找遍了住所的各个角落，也没找到这样一个本子。只找到大量拍摄我各种姿势的胶卷。

　　翻译家的尸体没有亲属来认领，就直接火葬了，埋在小镇的公共墓地里。

　　直到最后，外甥也没有出现。